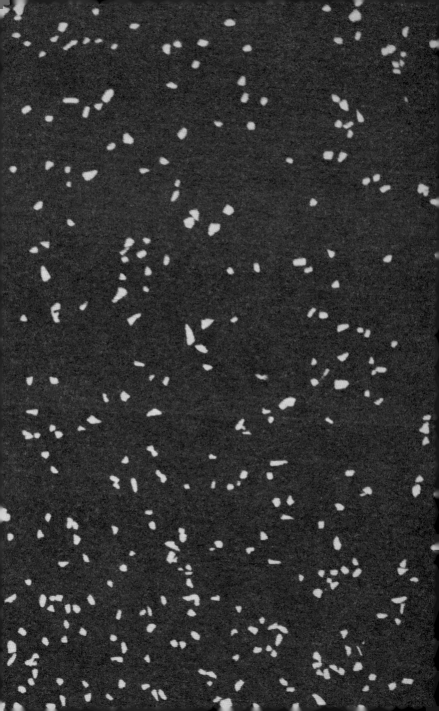

葛城三千子

奥高麗

右文書院

目次

第2章　細雪

第3章　銀椀の雪

『奥高麗』に寄せて

沼波政保

本書の中心をなすのは、唐津の奥高麗茶碗と観劇した能舞台の批評についての探索であるが、単なる批評エッセイだと思うならば、読者はみずからの浅薄さにうちのめされ、世間はいかに薄っぺらな批評が蔓延しているかを思い知らされることになろう。能にしても奥高麗にしても、著者は第三者的視点から見るのではなく、どこまでもその中に自身を置いて、そこで著者は生き生きと息づいており、私たちを深い感動の世界へ誘ってくれる。

たとえば、著者は、能は「見所」も含めての総合芸術であるとし、終わったばかりの能舞台をひとり残って見つめて、そこに漂う余韻に浸り、帰路までも余情を味わう時間となっている。その繊細さは、面、装束をはじめ笛、琵琶などにまで注がれ、その一角も崩れることなくすべてが調和して、はじめて一曲の能が成立することを実感している。しかも、一瞬にして消え去るただ一度限りの能に、著者は文字通り全身全霊を委ねているのである。そこにあるのは、実体験などというありきたりの浅い言葉では言い表せない、伝統の中にみずからを置くことによって美を求めるという、著者自身の強い思いである。

奥高麗茶碗については、みずからを「人も知る奥高麗バカ」と称し、「誰もが奥高麗の茶碗としての価値は認めながら、正確なところとなると杳として謎に包まれているという不思議な茶碗」について、みずからの脚を運んで猟渉し、探索したものである。それは現時点で知り得る奥高麗のすべてを網羅した、言わば「事典」とも言い得るものであろう。しかし、それは単なる「事典」にとどまらない。ヘラ使いやろくろの成形、釉のかけ方までにまで眼を配って味わい、そこに確固たる美を見出している著者は、能と同様に、みずから奥高麗茶碗の小さな、しかし大きな宇宙へ身を置いている姿を見るのである。

著者とは仏縁からしばしばお話しをさせていただく機会を得るようになった

が、お会いするたびに、多岐に亘って造詣が深いことに驚嘆させられ、また教えられることが多々あって、お話しするのが楽しみになるほどである。著者は幼い頃から美に触れる恵まれた環境にあったと聞く。そこから美への好奇心が膨らんで多くの経験が積み重ねられ、またあらゆる面における造詣の深さが加わって、今日の著者の眼があると思う。その眼差しには、伝えることを大切にし、対象に対しての愛に満ちた、人としての暖かな心が一貫して流れている。その眼差しは、能・奥高麗茶碗においてはもちろん、本書に収められている短いエッセイにも溢れており、前著の『日本の料亭紀行』『そして一本桜』でも行間に滲み出ている。この眼差しこそ、「美の鑑賞」の大道であろう。

私は中世仏教文学の研究を通して「あはれ」という美を追究してきたが、本書において求められている美も、わび・さびをも包括した「あはれ」であると思う。「あはれ」という伝統美を大切にし、その美の世界に身を浸している著者。しかもそこには、哲学的に悟りきったものではない、人としての暖かい感情豊かな心の眼が輝いている。

本書の装幀は表紙に高麗茶碗、見返しは一面の雪野原である。著者も雪を踏み分けて進んで行くというみずからの姿を心象風景として浮かべているが、読了後の私には、雪野原という白一色の舞台で崇高な気品をもって舞う著者の姿が幻想されて止まない。

（同朋大学名誉教授・文博）

第1章　奥高麗

奥美濃（岐阜県）の山の雪

奥高麗茶碗について　473号
「離駒」と「四酔老人」　485号
中世の古唐出土品を求めて　497号
松平不昧公と奥高麗たち　509号
細川三斎公と「子のこ餅」　523号
細川三斎と「眞蔵院」　524号
中尾是閑　536号
奥高麗茶碗の総数　557号
糸屋良斎と伊達綱村茶会記　606号
唐津の古窯跡を訪ねて　636号

日本陶磁協会機関誌「陶説」各号所載

1　奥高麗茶碗について

若いころに「奥高麗」に取りつかれて久しい。私にとって奥高麗のもつ謎ほど魅力に満ちたものはなかったからである。様々な謎をめぐって探訪を重ねてみれば、いつしか人も知る奥高麗バカ。

奥高麗と呼ばれる茶碗群が、朝鮮や中国大陸ではなく、我が国で中世期以降に唐津で焼かれたということを疑う人は今はもういないが、ほんの少し前までは、そのことすら確定されていなかった。

古唐津の茶碗群に「奥高麗」などと奇妙な名前が冠されるようになったのは、一体いつごろからであろうか。

一番古いと思われる資料は、今のところ桑山左近の書付である。

「奥高麗　桑山左近重長筆
　茶碗箱蓋書付　奥高麗
　右真蹟也　戊辰一月　古筆了任」

桑山左近は、安土桃山時代の武将の一人である。朝鮮（文禄・慶長）の役、関ヶ原の戦、大坂の陣にも参陣しているが、茶は千道安について学び、片桐石州の師でもあった。古田織部と仲が悪かったというエピソードを残している。彼は寛永九年（一六三二）に没しているので、それ以前から奥高麗という呼称が存在していたことになる。時代を下って雲州蔵帳には「深山路」「真蔵院」の項目に「奥高麗」の記載が見られるが中興名物記にはただ「是閑唐津」「中尾唐津」などのように書かれているだけである。

このように奥高麗に対する呼び方が一定していないのは、現在の陶磁全集などでも同様である。例えば、奥高麗の中ではただ一碗重要文化財となっている「三宝」という銘の茶碗に対して、ある本では「是閑唐津」、ある本には「奥高麗」、またある本では単に「唐津」となっており、一番ていねいな場合に「奥高麗茶碗・是閑唐津」という具合である。同じ茶碗を指すのに、何故こんなに差があるのかと不思議に思う。

また、「奥高麗」と包括して呼ばれる茶碗群には、いわゆる「奥高麗手」なる特色、即ち熊川、呉器、柿のへた、井戸などの形を写したものの他に、筒形や片口茶碗、絵唐津もあって、奥高麗茶碗なるものの定義、またはどのあたりまでが許容されるのかということも大いに疑問となろう。

それにしても、この「奥高麗」なる言葉自体、考えてみると、実に不可解な名前である。高麗を中心として考えるならば、南高麗でも西高麗でもよさそうなものなのに、そうではなくて「奥」としたところに、命名者の心理の相当な屈折が読みとれるではないか。数寄者がシャレのつもりであったとしても、かなり人が悪い。相手をケムに巻いて喜んでいるようなふしがある。もし、そうでないとすれば止むに止まれぬ事情があったのだろうか。想像をたくましくしてみれば、例えばある従者が、うっかり高麗産と見誤ってしまい、あとになって古唐津であることが判明した。さあ、大変。主君の御前で黒白をつけろとのおおせである。判定を委ねられた方は、うそを言うわけにはゆかないし、さりとて、同僚の立場も救いたい。思い余って「奥高麗でございます。」とか……。（歌舞伎の見すぎだろうか!!）とにかく、どこかに屈折した事情のあったことは否めないと思う。

こんな「屈折した」名前のおかげで、江戸末期から明治にかけて、また妙な事態が起こって来る。即ち、真清水蔵六の「陶寄」に代表されるような奥高麗朝鮮茶碗説、あるいは大陸茶碗説である。かの大正名器鑑の高橋箒庵翁までが目をくらまされたのは有名な話であり、これみな「奥高麗」などという名前のなせるワザとも言えよう。

「名前」はその位にして、「生まれ」となると、これがまた杳として霧の中である。古唐津の起源そのものについては、金原陶片氏の元亨年間（一三二一～一三二三）説、水町和三郎氏の弘和・元中（一三八四～一三九二）説、佐藤進三氏の文禄・慶長（一五九二～一六一四）説等々があるが、荒唐無稽なものに至っては、神功皇后時代というものまであり、未だに定説には至っていない。唐津陶が実際茶会で使われた記録から調べてみると、慶長八年（一六〇三）の古織伝書の中に初めて登場している。また、「ねの子餅」という筒形の奥高麗茶碗が利休の所持という伝来を持っていることや、長崎県の壱岐で発見された茶壺に天正二十年（一五九二）の銘が記されているので、おそくとも天正年間には開窯されていたことが分かる。しかし、個々の茶碗の焼成された年代と窯の特定は、現段階では推測の域を出ない。この理由は、未だに唐津地方の古窯の発掘と、物原の徹底調査研究が十分でないからである。更に、陶工たちが渡来したと思われる北朝鮮の窯趾の発掘調査に至っては全く手つかずの状態なのだそうである。謎と言えば、このことが最大の謎であろう。

次は岸岳《きしたけ》城の城主であった波多《はた》三河守親《ちかし》にまつわる話である。岸獄窯の庇護者であったと目されている波多氏は、松浦党の一族で、四百年間代々岸岳に城を構えていた。今も山上には城廓の跡が残っている。親というのは十七代当主に当たるが、この人の代で秀吉によって波多氏は滅亡をむかえることになる。

岸岳城跡の茶園の平

波多氏というのは旧来倭冦の一勢力でもあった。徒党を組んで朝鮮半島へ出かけ、まず貿易をと浜の人間に迫る。交渉がうまく行けば高価な貿易品が手に入るが、うまくことが運ばない時は、たちまち海賊と化す。村から略奪した品物、時には生きた人間をも積み込んで帰ったこともあったと思われる。工芸分野の専門的な技能を持つ工人は、人間の中でも貴重品であった。おそらく陶工の姿もあったろう。もっとも、彼ら工人というのは、朝鮮本土においてはかなり身分の低い階級であったらしいから、様々な事情から、むしろすすんで日本へ渡って来た場合も考えられよう。

波多氏は連れ帰った工人たちを城下に住まわせ、陶工たちには城のまわりに窯を築かせた。城中における日常の雑器類の他、茶道具としての目的を持った茶碗も焼かせ、財源として、また中央への献上品としての役割ももたせていたことが考えられる。そのいくつかが奥高麗であったという可能性もある。

ところが、文禄二年(一五六七)二月、突然秀吉は、朝鮮遠征から帰国途上にあった波多三河守に対して改易を命じたのである。かくて波多氏はほろび、岸岳城は兵火に焼かれた。城下の陶工たちも散りぢりになって、岸獄窯は廃窯となってしまったのである。

波多氏の突然の改易の理由については、いろいろな臆測がなされているが、いずれも決め手には欠ける。その第一は秀吉が波多氏の領地を前々から没収する機会を狙っていたこと。密命を帯びた三成以下の奉行たちは朝鮮へ渡って波多氏の失策を探っていたものである。これはフロイスの日本史の記述によって裏づけされる。第二は、寺沢志摩守のざん言によるもの。波多氏の後、唐津地方の領主となったのは寺沢志摩守であった。第三は地元で一般に流布している「秀の前」事件である。秀吉の好色癖は、歴史的に様々な時と場所で実証されている（？）ので、波多三河守正室であった秀の前の貞女譚は、話としてはまことに面白い。けれど、ある郷土史家の指摘によれば、寛永元年（一六二四）に七十九歳で亡くなっている秀の前は、文禄元年ごろは、四十八歳前後という。当時の五十歳を目前にした女性となると、いくら太閤が物好きだったとしても、ちと首をかしげたくもなる。涙をのんであきらめたいところである。

こんなふうに、奥高麗の周辺を探ってみると、いずれも謎だらけなのである。しかし、奥高麗の茶碗自身は、そのようなことなど全く知らぬげに、ひとり静かである。もの佗びて、おだやかな姿をしながら、よくながめると、へら使いやろくろの成形、釉のかけ方などに陶工のゆるぎない自信も見てとれ、こうあらねばならぬという確信から来る力強さがひそんでいる。それは謎でも霧でも何でもなく、まさしく確固たる美である。

そしてもう一つ、これも奥高麗茶碗の特色と言うべきなのか、不思議なことであるが、今まで私の出逢って来た奥高麗に関わる人々、所蔵しておられる方、美術館でたずさわる方、皆、ほとんど例外なくおだやかであたたかいのである。

いつか初夏の日、ある奥高麗茶碗をお持ちの数寄者のお宅へうかがったことがあった。初対面の私に、短いあいさつの後、いともかんたんに見せて下さるというのである。何でも茶碗に執心されたのはお父上だったそうで、そのお父上も今は体を悪くされて、ご入院中だとのこと。「父ならきっと、お茶席でお見せしたことでしょうに。」とおっしゃりながら、かの名碗を箱書と共に出して下さる。

胸の熱くなる想いで手に取ってながめていると、何をお想いになったのか、その奥様、一言。

「しばらく使っていませんから、ぬらしてみましょう。きっと肌が変わってまいります。」そして次に前に置かれた時には、緑も鮮かなお濃茶が点てられていた。おしいただいて名碗で味わうお茶の味。しっとりした肌の感触と一緒に、長く忘れられない。帰り際、ご自分も足を悪くなさっていらっしゃる奥様が、不自由をおして、石段の上まで見送って下さった。石段の横に置かれた石仏と共に、そのお姿にむかって心の中で深く合掌したことであった。

奥高麗は、それを手の中に持つ間に、人々の心をやさしくしてしまう茶碗なのかも知れない、と思う。

ともかくも、知れば知るほど遠くなり、調べれば調べる程、霧に包まれて行く。そのくせ、霧の向こうから静かにほほえみかけて来る茶碗。それが私にとっての奥高麗である。こうなれば、もう恋のようなもの。意地でも追っかけずにはいられない。と言うわけで、まだ当分、私の奥高麗熱はさめそうにない。

2 「離駒」と「四酔老人」

昨日の友は今日の敵。昨今のテレビに映る政治家たちの顔を見ていると、ついそんな言葉が浮かんで来る。まあ、政治に関しては、「紅旗征伐吾が事にあらじ」などと、藤原定家をきどっていればよいが、これがわが古唐津茶碗、「奥高麗」たちのこととなると、とてもすまし込んではいられない。

歴史の波の中で、時代によって、ひどく持ち上げられたり、またコキ下ろされたりと、ずいぶんかわいそうな目にも逢っているのである。茶碗の方には罪はない。ただながめる側だけの一方的な都合次第なので、「奥高麗」こそいい迷惑である。ほめられている分には大いに結構であるが、不当に低い評価を与えられているのを見るともういけない。惚れ込んだ相手の悪口を言われたような気分になって、やおら立ち上がり目を三角につり上げて直談判に及ぶか、またはやんわりと「ま、それはあんまりりな。」と艶な目つき（できればの話だが）をして恨んでみせるか。相手にもよるが、江戸の目ききや明治・大正の大茶人たちの所までも押しかけて文句の一つも言いたいところである。ただ、そんなことをしたらこちらが冥土から帰れなくなってしまうので、目下はひたすら、タイムマシンの発明を待ち続けているのである。

離駒茶碗

「奥高麗」も数ある中で、今回私が取り上げてみたいのは「離駒」と銘のある片口茶碗である。九州の田中丸コレクション収蔵のこの茶碗は、高橋箒庵翁の『大正名器鑑』の中で、深山路と共にただ二碗のみ、「奥高麗」の部に登場して話題となったことがある。

口径は一一・三cm〜一二・四cm、高さ七cmほどの小ぶりな茶碗である。現在は奥高麗茶碗というと、大ぶりな方が好まれているが、かつては小ぶりな方が喜ばれていた時代もあった。その生い立ちのゆえに、「どこの窯でも焼かれた雑器の手に過ぎない。」などとも書かれて、私を憤慨させたこともある。「離駒」は、いわゆる赤出来の手で、渋い枇杷色の釉に、長年の茶人たちの愛玩によって今ではしっとりした落ち着きが加わっている。口辺はやや端反りになっていて、腰まわりから胴へのふっくらした丸みが、童女のほほを連想させてしまうような、いかにも愛らしい姿である。黒ずんだ胎土は、さぞかし朝夕にかわいがられた結果と思われるが、これを見るにつけても、生まれはどうあれ、見出した人の眼と育て方によって、茶碗というものはこんなにも名器になれるものなのかと考えてしまう。

伝来を見ると、最初は寛永年間、淀屋伞庵が所持し、その後、北国屋吉右衛門、広島屋勘三郎、加賀屋又吉と伝わって、無想庵という人が明治六年に入手して箱書を書いている。その次がいよいよ問題の人、「四酔老人」の登場である。

「四酔老人」について、大正名器鑑の説に従うならば、長州藩主毛利公を指し、また高橋箒庵翁もその寄るところは、実見した当時「離駒」に添っていた書付の内容であろうと思う。ところが、その一通の書付は今は失われて、現物を見ることができなくなっている。

大外箱の表には右上に「繋馬」と記され、左下に「四酔清玩」の朱印が認められる。本来「離駒」と書くべき銘の変化については大外箱裏の記載がある。

「此奥高麗片口の茶碗伝はり来にける事のよしは、添書付に委しく見えたり。箱の蓋に離駒としるせしは、半日庵の筆なりとぞ。ゆゑありて我もとにからうじて此器を得つるは、・あれゆく駒をつなぎとどめし心地せられて、其嬉しさは、いふもさらなり。されば離るるといふ文字を、繋といふ文字にとりかへて、今より後繋駒と呼て、ながく是をもてあそばむとおもふも、いさみたつ心の駒のひかるるかたにこそ。

難波江に放ちし駒をひきかへし

　つなぐ手綱は江都のむらさき

天保七年十一月　冬至の日しるす

四酔老人（花押）」

天保七年（一八三七）という日付がある以上、その当時

箱書き

の毛利家の当主であった人を探してみれば簡単ではないかと考えた私の目論見は、見事にはずれた。天保七年十一月に藩主の座にあったのは第十二代斉広《なりとう》公である。しかし、この人は二十三歳の若さで亡くなっている。書付の字は、かなり枯れた感じの字体であり、また「老人」と自ら名乗っていることから推しても、いかにも考えにくい。それではその前の殿様はというと、第十一代斉元公となるが、そちらは同年九月八日に亡くなっていて不可能である。「四酔」という号で探してみても毛利家代々の中には、そんな号は誰も使った形跡がないのである。

困ってしまって、長州藩にゆかりの深いある方に相談したところ、それは敬親《たかちか》公ではないかというご教示をいただいた。長州藩は歴代の藩主がそれぞれに茶道の造詣が深かったそうであるが、中でも七代重就《しげなり》公と十三代敬親公の時代に集められた茶道具が、今、毛利博物館の茶道具の中核をなしているという。時代的に言うならば重就公は少し無理であるので、もし、離駒に関わるとするならば、敬親公の方が近い。

それではと勢い込んで、今度は長州藩の蔵帳の中に「離駒」あるいは「繋駒」

の二字の記載がないか調べてみることになった。ところが……。明治四年の蔵帳の中には今のところ見当たらないのである。更に不思議なことには、記載された道具類の中に、重就公時代買上げた品の記録はあるが、敬親公買上げという記録が不自然な程少ないのである。これは何を意味するのであろうか。

ここで、目を天保という時代に向けてみよう。天保は将軍家斉から家慶の時代の年号であるが、歴史的事象としては、大飢饉（一八三三〜三九）と老中水野忠邦の「天保の改革」が有名である。江戸幕府の財政建て直しのために行なわれた天保の改革は、奢侈禁止令など様々な令が出されたが、結局は失敗に終わっている。幕府がこうした改革を行なっている状況の中では、外様大名家でも同様に、派手な生活や不必要な散財は、お家お取り潰しにもなりかねない危険性として固く慎まれていたことであろう。それが公式の記録として残る藩の蔵帳に記載するのを控えた遠因だったのではないだろうか。しかし、明治四年に廃藩置県が行なわれるまでの蔵帳では、幕府への配慮で記載をはばかったとしても、それ以降の、例えば明治二十二年（一八八九）の蔵帳（内蔵署御什物御道具御根帳）ならばもう誰にも遠慮はいらないはずであるのに、ここにも見当たらない。

更にもう一つ問題がある。天保七年と言えば、敬親公は十八歳であり、「四酔老人」としてはやはり、あまりに若すぎるのである。壁に突き当たってしまった感があるが、この謎を解く鍵はないのだろうかと、苦しんでいた私の頭に、ふと、ひらめいたものがあった。「四酔老人」の箱書と共に、本来はもう一通別にあったはずの添書きのことである。

「此茶碗元と大阪にあり、毛利家の君侯之を所望せしに、所有者非常の高価を主張せしに、行掛り上已むを得ず之を買上げられしに、藩臣中に硬骨の士ありて之を諫め、斯る器物に大金を投ずる事、お家の為めに然る可からずとて、諫奏の後、遂に切腹したりと云ひ伝ふ。而して毛利君侯は此茶碗の銘離駒を、自ら繋ぎ得たりとて、爾後繋馬と改名せられたりとなり。切腹の事、或は後世好事家の事実を大形に言ひ伝へたる者に非ずや、些か疑ふべき廉あれど、聞き伝ふる儘を記し置くのみ。」

いつ、誰が書いたとも分からず、はなはだあいまいな話ではあるが、もしこれが事実であるとすれば驚くべき内容である。また、大いに作り事めいているとしても、この「四酔老人」なる人物の、性格の一端がうかがわれる話ではないか。先に述べたように、天保という、幕府も藩も、あげての財政難に苦しんでいる時代に、茶道具に、いくら執心としてもかなりの大金（寛政時代に松平不昧公が深山路を買上げた時は、銀三百枚、位金五百両であった。おそらくそれに近かったものと推定される）を動かすだけの権力を藩に対して持ち得た人物。そしてそれはますます藩の財政を圧迫したにちがいなく、この「事件」について藩臣の見る目つきが険しくなって行ったのは自然のなりゆきであろう。

はて、さて、そうした数々の事実を踏まえて、もう一度、歴代の毛利公を一人一人洗ってみるとしよう。かなりわがままでぜいたく好き、数寄者、かつ、藩中で権力を持った意地っ張り。そんな殿様像。すると一人だけ、それらしい人物があぶり出しのように浮かんで来たのである。第十代斉熙《ナリヒロ》公である。

文化八年（一八一一）に藩主となった斉熙公は「気宇広大で物事に拘泥らず、奢侈を好んで将軍家や大名間の交際は豪華を競った」と資料にある。文政七年に四十二歳で退隠し、江戸葛飾の地に隠居所を建てて住んだ。隠栖とは言え藩主以上の実権を持ち、派手な生活を誰憚ることなく送っていたという。長州藩の「天保の改革」の責任者であった村田清風は、斉熙公の生活ぶりを批判した「此度談」の中で、

「一、無用の官、無用の座敷、無用の器物等のこと。
一、正金銀上方へ上り、出産（生産物のこと）のあたひ丸々玩具等に成り候事」

と書いているのが注目される。これは先ほどの書付のエピソードをすぐに想起させる。

加えて大きなヒントとなるのは、箱書の中の狂歌である。

「難波江に放ちし駒をひきかへし
　つなぐ手綱は江都のむらさき」

斉熙公は清元・俳諧等をよくし、俳号を露朝とした程の趣味人であった。吉原を祝《ことほ》ぐ「北州千年寿」という清元も作っている。化政期の江戸文化を大いに享受して、狂歌にも熱中していたらしいのである。

このような経過をたどって、私の裡では、「四酔老人」はもはや斉熙公以外にはあり得ないのであるが、最後に大きな問題が残ってしまった。それは、毛利家の記録によれば、斉熙公は何と、天保七年五月十四日、五十四歳で亡くなったことになっているのである。

この謎を、皆様方なら、一体どう解かれるであろうか。天保七年という年は、長州藩にとっては実に大変な年で、五月十四日に斉熙公、九月八日に斉元公、そして十二月二十九日に斉広公と、一年の間に三代の藩主が亡くなっているのである。不可解至極と言う他はない。皆様のお知恵を拝借したいところである。

様々な感慨、疑問を抱きながらも当の「離駒」をながめると、日々、掌《たなごころ》の中に抱いてじっと見つめていた「四酔老人」のまなざし、そしてそれに応えて無聊をなぐさめていた茶碗のつぶやきが聞こえて来るような気もするのである。

3　中世の古唐津出土品を求めて

一乗谷を渡る風は乾いていた。北陸地方は田植えが早い。越前の国でももう青々とした苗が揺れているが、朝倉氏遺跡では発掘による中世の土壌がむき出しにされて、土と石だけの白茶けた面が拡がっている。

昨年の秋、新城市という所で愛知県の埋蔵文化財展があり、この中で唐津の破片らしきものを見て、おや、という感じを抱いた。奥高麗と言えば、茶道具という方面にばかり目を向けていた私であったが、古唐津も伝世品ばかりではないことに気がついたのである。各地の中世の遺跡からも古唐津が出土しているらしい。それらの破片群の中に奥高麗が混じっているという可能性はないものだろうか。

わが慕って止まない奥高麗サマの、文字通り「片鱗」でもつかむことができれば、もうバンザイである。早速手もとの資料によって調べたところ、古唐津の年代を知る手がかりとして並べてみると次のようになる。

①天正元年（一五七三）

織田信長、朝倉氏を亡ぼす。福井市一乗谷朝倉氏館跡より古唐津陶片出土。

②天正十三年（一五八五）

この年銘の木簡、大阪堺環濠都市遺跡から唐津皿と伴出。

③天正十四年（一五八六）

天正地震で清洲城改修される。天正十四年の年号入瓦発掘される。

④天正十六年（一五八八）

京都南蛮寺、秀吉によって破壊される。南蛮寺跡の姥柳町遺跡からこの時代の古唐津陶片が出土。

⑤天正十九年（一五九一）

千利休自刃。「ねのこ餅」銘の奥高麗茶碗所持と伝えられる。

1　一乗谷朝倉氏遺跡にて

福井県立朝倉氏遺跡資料館は、福井市の東南約一〇キロの地点にあり、足羽川《アスワ》に面して建てられている。この足羽川の下流には足羽山という小高い山があり、秀吉が柴田勝家の北ノ庄城を攻めた時、本陣を構えた場所だというから、ちょっと戦国時代のロマンのお好きな方なら、あのお市の方の美貌と、後年豊臣秀吉の側室、淀ノ方となった幼名お茶々の顔とが、すぐに浮かんで来るはずである。足羽川の支流が一乗谷川で、一乗谷はこの川に沿って長く伸びている。

私の持参した資料を出して、これこれについてうかがいたいと申し出たところ、「いやそれが……。」と係の方の反応は、これだからシロウトは困るといった様子がありあり。頭の中にクエスチョンマークの大きいのが三つばかり並んだが、その一つぐらいがどうも相手に見えてしまったらしい。仕方がない。詳しく説明してやろうと、仏の如く慈悲の心で（そういえば越前地方は一向宗の本場であった）辛棒強いレクチャーを始めて下さったのであった。

一乗谷の遺跡に初めて発掘の鍬が入れられたのは昭和四十二年のことである。その後数年間で、多量の中国製陶磁器の他、越前焼、瀬戸、美濃に混じっていくつかの唐津や伊万里が出土した。唐津の瓶などは、最初朝鮮製ではないかと思われていたそうであるが、九州の専門家に鑑定してもらったところ、唐津にまちがいないということになって、急に資料として取り上げられることになったといういきさつがある。ところが研究が進むにつれて、様々なことが明らかになって来た。同じ朝倉氏の遺跡でも、その後に建てられた松雲院という寺の地層から出ていると考えられるものが次第に増えて来たのである。唐津に関しても、今ではむしろ朝倉館から出たものではないと考える方が妥当だという意見に固まりつつあること。それは伴出したとされる他の伊万里などの年代との関連を考慮しての説であるなど云々。

そうしたお話のあと、伴出された陶磁器を教えて下すったのであるが、そこには残念ながら、わ

空からみた一乗谷

が探し求める奥高麗らしきものは影も形もなかったのであった。

　資料館を出て、発掘現場を訪ねてみた。

　南北約六キロの細長い谷地の中に、上下の城戸《きど》によって仕切られた城下町跡が二キロ続いている。掘り出された邸や町屋が往時のままの形に復元されつつある。義景の館跡には松雲院の寺門がポツンと建っていた。この松雲院というのは、豊臣秀吉が慶長三年に朝倉氏慰霊のためにと寄進した寺の名前である。慶長三年といえば、秀吉の没年に当たる。死の床についていたであろう秀吉が、この時になって、荒廃した一乗谷の、それも朝倉館の正確に真上に寺を寄進せずにいられなかった心理状態を推測すると、ここ

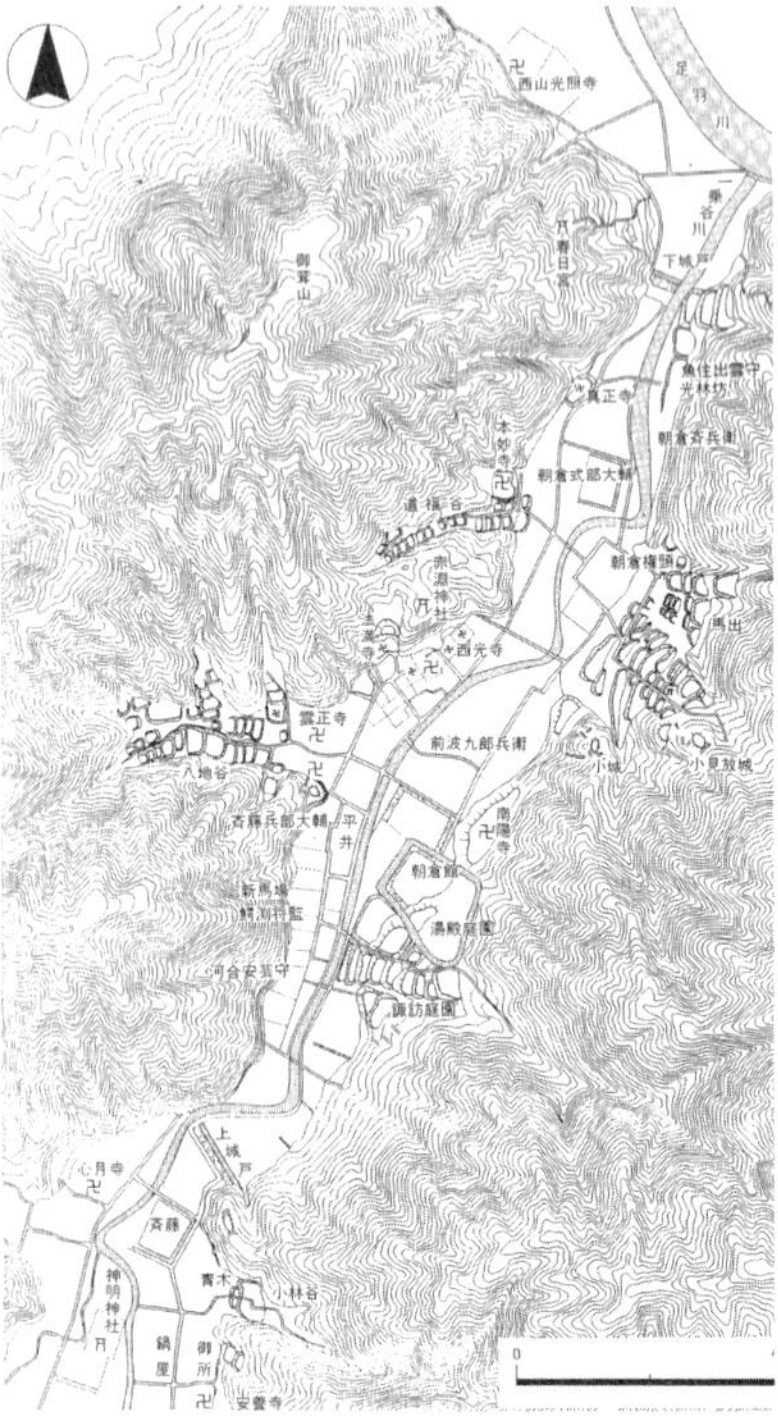

城下町（推定復原図）

にも人間の「かなしさ」が漂っている。

文明三年（一四七一）の築城以来、一乗谷は朝倉氏五代に渡って北陸地方の政治、文化の中心地であった。応仁の乱以降、荒廃した都の貴族や僧侶たちによって茶ノ湯、生花、聞香などの文化が伝えられた。栄華の跡は発掘品によって明らかである。

天正元年、織田信長に大敗を喫した朝倉義景は、大野付近まで逃げのびたが、そこで裏切りにあって自害して果てた。城主を失った一乗谷へは、信長の命を受けた秀吉の軍勢が怒濤のように押し寄せた。谷の入口に西山光照寺という寺があった。ここへ火が放たれたのである。折からの風に乗ってまたたく間に燃え移った火は、谷全体を焼き尽くす紅蓮の炎となった。七日七晩燃え続けた地獄の火が鎮まった時、あとには一木一草も残らぬ廃虚と化していたという。私にこの話をしてくれたタクシーの運転手さんは、「信長は寺ばっかりずいぶん焼いたけど、自分も寺の中で焼けて死んだ。因果応報というやつですなあ。」としめくくった。

2　堺市埋蔵文化財センターにて

慶長二十年（一六一五）大坂夏の陣の際、堺の町は大坂方の武将、大野道犬の手によって焼打にあった。この焼土層によって、それ以前と以後の発掘が区別できる。

戦国の世に、織田信長、豊臣秀吉との関わりの中から、津田宗及、今井宗久、千利休らを輩出した堺は、当時日本国内における第一級の貿易都市であった。防衛上に必要な構築として、中世ヨーロッパの都市に見られるような環濠をめぐらしていた。豪商たちの住居跡から出土される陶磁器は、質、量ともに彼らの貿易上の実力を知らしめるものである。茶の世界で喜ばれた中国陶磁や朝鮮のもの、また南蛮系のものが多く見られ、国内産では備前、丹波、信楽、瀬戸、美濃などに、志野、織部、楽、唐津などが加わって来ている。豪商たちの住んでいたのは、市之町、甲斐町などの天王寺屋会記に名前の登場する町割で、これらは堺の町でも海に近い区域にあった。

一方、それよりはかなり内陸よりの環濠際の部分に、一般の町人たちの町割があった。環濠際というのは、とりもなおさず敵から攻められた場合の危険性の高いことを示すものである。町屋部分から出土されるものは、唐津、美濃の割合がほぼ半々であるという。小皿などの雑器が多く見られ、おそらく安価で多量に入って来たものが市民の雑器として使われたのであろうと思われる。

問題の天正十三年銘の木簡が掘り出されたのはこの町屋部分である。発掘された当初、そうした事情から、京、大坂などの大消費地ではすでに天正十三年には唐津焼が流通していたとする説がたてられた。しかしその後、出土された濠の部分は天正十五年よりさかのぼることはないであろうという結論に達した。さらに今の研究によれば、むしろ慶長年間に入ってから、たまたま天正十三年銘の木簡が一緒に捨てられたのであろうとする説に傾いているらしい。

戦火によって黒ずんだり、肌の感じが変化してしまったものが多い。その中に一つだけ奥高麗ではなかったろうかと思われるような小ぶりの古唐津の茶碗があった。これにお目にかかれて、私はひそかに満足であった。

3　清洲城下町遺跡から

清洲（須）城下町遺跡は、前期と後期に大別される。前期の地層からは全く唐津の出土品は見られない。後期は天正十四年（一五八六）から慶長十八年（一六一三）までの二十七年間をいう。木曽川の洪水によって被害を受けた清須城に、織田信雄《のぶかつ》が入って大修復を加えたのが天正十四年。今の名古屋城へ徳川義直が城下町ごとそっくり移った（これを清須越《きよすごし》と呼ぶ）のが慶長十八年なのである。ほぼ現在の定説となっているところの古唐津と時を同じくしているのが興味深い。この地層からは古唐津の破片がいくつか出土していた。ただし、ここでも年代的にはどちらかと言えば若い地層からの発掘という印象が強いとのこと。産地に近いだけあって瀬戸、美濃の製品がほとんどを占める中で、ほぼ一パーセント弱の割合で唐津が出ている。これらは遺跡の中でも城中や

空からみた清洲城下町跡

上級武士の屋敷あとではなく、町屋部分であったと推定される地域からの発掘だということであった。実際、ざっとながめたところでも上級品はほとんどなく、無地の量産品と思われるものが多い。わずかに一、二点、あるいは茶碗として使用されたかも知れないと思われるものがあった。

4　京都市埋蔵文化財研究所にて

十六世紀、京都姥柳町にはキリスト教耶蘇会の会堂があった。日本人には南蛮寺と呼ばれた会堂は、オルガンティーノやフロイスなどの宣教師によって、織田信長のキリスト教保護政策の下、天正三〜四年に建てられたものである。天正十五年(一五八七)秀吉の禁教令によって閉鎖、あるいは破却されたと伝えられる。

若干の中国製品の他には瀬戸、美濃、特に美濃古窯が多く認められ、次いで唐津が出土されたと発表されている。しかし、これらのすべてが天正十六年に破壊されるまでの南蛮寺で使われていたかどうかを判定することはかなり難しいとのこと。慶長期に至って一時的に南蛮寺の復興があったとする説や、江戸時代にこれらの埋まっていた穴の一部が壊された痕跡が認められることを考慮に入れなくてはならない。

さらに今回お話をうかがってなるほどと思ったのは、京都という都市遺跡の埋蔵物の持つ運命的な特殊性である。即ち「都《みやこ》」という過密地帯においては、建造物が破壊されたまま長年放置されることはおよそ考えられない。すぐまたその上に別の建築がなされて、生活の場として供給されて行ってしまう。これは現代の東京の土地問題と同様である。数字の上で示されると、ますますその辺りの事情がはっきりする。同志社大学文学部の出した調査記録によると、「平安京造営当時の生活面であるシルト層上面から、約千二百年を経た現在の地面まで約一・五メートルの堆積があるから、一年あたり約一ミリメートル、つまり南蛮寺の存在期間は算術計算では約一センチの堆積ということで、それを識別することは不可能に近かった。」発掘にたずさわった方々のご苦労がしのばれる。

南蛮寺跡の方は、ほとんど成果がなかったが、茶屋四郎次郎の屋敷跡からの発掘品をのぞき込んだ時、息をのんだ。時代は少し下るが、「奥高麗」のかけらとおぼしきものが見つかったのである。完品でないとは言え、私にとっては古い恋人にめぐり会ったのも同然。放っておくと、ほほずりせんばかりの私の喜び方に、研究員の方々もあきれ顔であったっけ。

中世の遺跡発掘による考古学の研究は、今から十年程前から飛躍的に進歩を遂げたらしい。そしてここ二、三年の間に、特にいちじるしい発展があったそうである。今回、古唐津に関して私の訪れたいくつかの研究所で味わった意外感や、従来の説とのギャップも、つまりは研究の進歩以外何物でもない。したがって、また今から二、三年も経てば、どこかの発掘現場から真相の究明の手がかりとなるような資料が発見されないとも限らない。中世の考古学はまだ緒についたばかりなのである。

それにしても、と思う。今の時点で、古唐津の年代が特定できる一番古いものは、例の千利休が所持していた奥高麗、「ねのこ餅」になってしまうではないか。利休様！　あなたは何と！　一体……。改めて千利休という男性《ひと》の偉大さに脱帽する。

5　再び一乗谷遺跡にて

四百年という時を考えている。

一乗谷に一本の青樹があった。諏訪《すわ》館《やかた》庭園に残るヤマモミジである。朝倉義景の側室であった「小少将《こしょうしょう》」の館跡と伝えられる所。小少将は四人目の側室ながら、美貌と才気をうたわれ、同時に複数の室をおかなかった義景の、最愛にして最後の伴侶であった。全てが灰燼に帰したはずの一乗谷であったが、翌年の春、黒こげの木の下から、小さい生命の芽吹きが見られた。今、庭石の上に陰をおとしているこの木の

一乗谷遺跡

樹齢は、ちょうどその位に当たるという。

また谷を渡る風が起こった。さやさやと鳴る葉擦れの間から、小少将の、義景の想われ人だった女人の、幻が浮かんで消えた。

4　松平不昧公と奥高麗たち

プロペラ機は飛ぶ。揺れながら飛ぶ。

我が住む中京地方から松江方面に出かけようとすると、プロペラ機が一日にたった一往復。JRでも可能ながら、岡山まで新幹線で行き、そこから伯備線で二時間半。やっぱりこのプロペラ機にお世話になった方が良さそうである。

それにしてもよく揺れる。揺れるぞ、揺れるぞ、揺れるぞ、激しく揺れるぞ、というのが実感である。普段ちょっとおいしいものにありついたりするとすぐ「ああ、もういつ死んでもいい。」なぞと口走るくせに、スウッと下がると「南無阿弥陀仏！」次の降下では「神サマッ!!」

着いたところは米子空港。境港《さかいみなと》から宇井の渡しへと、渡し舟で自転車と一緒に運ばれて旅情は満点。ここからバスで一時間。やっと松江の町へ到着した。いわずと知れた松平不昧公の城下町である。

江戸時代、参勤交代の制度がありながら、実は江戸詰めが多かった大名たちの中で、不昧公はかなりまめに国表との往復をつとめた殿様だったという。現代でさえ、多少の不便さは覚悟しなければならないというのに、当時の旅、それもひんぱんに往来するのはさぞかし難儀なことであったと想像される。ちなみに文政元年（一八一八）、父君不昧公の病篤しとの報を受けて月潭公が松江を立ったのが二月十一日、江戸へ着いたのは二十九日。夜を日に継いでのことと思われるが、それでも十八日間かかっている。

松江城は毛利氏のあとに入った堀尾吉晴によって慶長十六年（一六一一）に建てられたもので、別名を千鳥城という。堀尾氏の断絶のあと、一時京極氏が入城するが、寛永十五年（一六三八）、松平直政が信州松本から移り、明治まで十代の藩主を数えた。松平直政は徳川家康の次子結城秀康の三男で、家康にとっては孫に当たる。菊地寛の「忠直卿行状記」で有名な松平忠直は長兄である。そうした徳川親藩の雲州松平家の七代藩主が松平治郷《はるさと》、号して不昧公であった。明治八年（一八七五）に城内の他の建物は全てとりこわされたが、天守閣だけは旧藩士を中心とした人々の努力によって残されたというエピソードが伝わっている。この地方の人々の松江藩に対する愛着の度がしのばれる話である。

松平不昧公は古唐津茶碗奥高麗に関しては中興の祖ともあがめられる人物である。公の周辺にいた奥高麗たちのあとを訪ねての今回の旅なのである。

既に「1奥高麗茶碗について」でもふれたように、「奥高麗」という呼び名に関しては桑山左近の書付が存在するので、寛永九年（一六三二）以前から用いられていたことが分かっている。茶会記に初めて登場するのは現段階では元禄（一七〇〇）ごろであり、丸屋嘉兵衛の席においてのことらしい。日付がはっきりするのは寛保二年（一七四二）十月二十四日、坂本周斎の茶会が最初である。

不昧公は何点かの奥高麗茶碗を所有していたが、入手時期に関しておもしろい資料がある。少し長いが全文を引用しよう。

「帰京後益々気丈珍重々々。別而健と思へ、喜助方の売立も竹屋一人にて買候やうに見え申候。奥高麗はいかやうの品か。深山路とは出来如何哉。扨半使之茶碗定七より利付にて取申候由、此茶碗いかやうなる品か、もし外へ不遣候はゞ、下し可レ給候。木半使か、且又約束の半使茶碗二つ、殊の外能分り、目利の手本に致候。二つとも貰ひ可レ申候。宗郁帰京後は話相手なく、淋しく御座候。又々下りを待ち申候。唯甚右衛門独り論合申候事に候。どうか茶江戸時花そふと見え。大慶いたし候。

一、大恵墨蹟、甚悦申候。天下一軸と被レ存候。圓悟より却て稀なる品に御座候。公儀にも、一幅は在るかと存候。外に一向覚之不レ申候。希世の珍宝と、大慶不レ過レ之候。然る所、当年段々不手廻にて、借金のみ困入申候。漸少々遣し候残金、墨蹟の分は、如二約束一両度可レ渡候。当年は思も不レ寄買物多く、難渋心がらに御座候。一笑〳〵。扨恩斷江墨蹟、久々にて見、甚ほしく候。しかし右の如く無金故、当時一向に心当も無レ之、来年にてもよくば調度御座候。御返事待入候。道具はほしゝ、金はなし。只京大坂、道中筋、中国、四国、江戸表も、洪水にて、水ばかりは沢山に出候事と見申候。京地折角案じ候。

一、珍器を掘出し申候。長崎堅手、無二相違一茶碗、取出し申候。誠に珍器と存候。手筋をとんと見ぬものに御座候。不思議に取出し申候。甚右衛門助八などほしがり、五十両に付候へども、遣し不レ申候。高くは払申候へども、夫ではいやと申候へば、甚立腹いたし居候。一笑〳〵。

一、口一瓢箪を先頃手に入れ申候。久々にて見申候所、是は本春慶にても、格別時代よく存候。貯月などゝ手は違へ候へども、時代は替らぬものと、先年は存候所、此度見申候所、百年も違候かと被レ存候。遠州所持の橘茶碗、是も取出し申候。蓋物にて呉州にて御座候。さび物に御座候。其外道具類、一向に無レ之、此間月潭墨蹟見せ候はづ未レ見候。八左衛門下り候由、道勝も秋は下り候と申沙汰、作左衛門も下り候と申事、扨々賑々しく候。釜の手本、色々来年見せ候事、弥たのみ申候。何も幸便、亦可二申入一候以上。

七月十五日　　一々

宗郁へ

宛名の宗郁は藤野宗郁、京都の竹屋忠兵衛という茶道具商のことである。甚右衛門、八左衛門も同様で、それぞれ江戸の伏見屋甚右衛門（亀田宗振）、京都の切屋入左衛門であり、彼らが不昧公の道具収集に当たっていたのである。

文中からは雲州蔵帳にあらわれる茶道具たちの往来や、不昧公のそれらに対する執着の程がうかがわれて興味深いが、加えて、殿様といえどもやりくり算段においては、我々庶民と変わらないような苦心のあとが見えてほほえましい。

この手紙を書いた時点では、まだ深山路は公の手もとに来てはいない。更に別の奥高麗にも、興味をそそられていることが分かる。年代的に注目されるのは「長崎堅手」である。雲州蔵帳によれば「長崎堅手、宗甫、孤篷庵、天明、五百両イ四百両」と記載がある。公が最も熱心に道具を蒐集したのは天明から寛政年間であり、天明四年ごろには田沼父子の失脚や冬木家の倒産、また諸名家の財政逼迫による蔵出しが重なって、数多くの名器を入手したと言われている。文中の洪水の話（幕府の命により寛政六年雲州松平藩は関東川筋の普請にかかっている）や、天明の飢饉、また寛政年間に深山路が伏見屋によっておさめられていることを考え合わせて、この手紙は天明四年（一七八四）ごろから、寛政の初めごろまでと見るのが妥当なところではないだろうか。

またちょうどそのころ、酒井宗雅公の茶会記の中で奥高麗茶碗が使用されたという記述が見られる。天明七年（一七八七）十二月二十三日と寛政元年（一七八九）九月二十日のことである。酒井宗雅公は姫路酒井家二代の城主、酒井雅楽頭《うたのかみ》忠以《ただざね》のことであるが、不昧公の茶における門弟中筆頭とも言われている。二人の交わした書簡の中から、その親密さがよくうかがわれる。不昧公と宗雅公ではどちらが先に奥高麗を入手したのか、あるいは情報の交換があったのかなどと考えるのも楽しいが、いずれにしてもこの時期、不昧公の周辺に奥高麗の影が見えかくれしている。

なお、酒井宗雅公は寛政二年七月十七日に三十六歳で亡くなっているが、その遺言によって収集した茶器の大部分が不昧公に譲られている。享和二年（一八〇二）九月二十四日から十一月十三日まで十回にわたって百三十点の茶器が不昧公に渡っている中で、十一月一日付の「御茶器移動書」には「奥高麗茶碗」という記載が見られる。この譲られた奥高麗茶碗については、文化八年（一八一一）九月の雲州蔵帳の中には該当するものが見当たらないが、それ以前の蔵帳の中に「奥高麗」と記されているものがあり、その茶碗のことかとも思われるのである。不昧公にとっては、宗雅公との格別の想いがあった茶碗と考えられるので、その行方は大いに気になるところであるが、確かめるすべは今はない。

さて、それ以外に不昧公の蔵帳には古唐津茶碗たちがどんなふうに登場しているだろうか。文化八年、不昧公が嗣子月潭公に送った自筆の譲状を見ると、上之部の中に「眞藏院」「相生」「深山路」「古唐津」「奥高麗」の五点が認められる。このうち「深山路」に関しては、その後の公自身の付記によって名物之部へ分類され、「奥高麗茶碗（深山路）上之部より移る」と出世した経緯がある。上之部から名物之部へ移行したのは、雲州蔵帳全体を見わたしてもただ一碗のみである。文化八年を境として、公の中で明らかにそれ以前と以後との間に深山路の茶道具としての価値に差が生じている。このことはただに深山路だけというよりも、古唐津茶碗、奥高麗全体に対する公の評価の変遷の問題としてもとらえることができそうに思うがいかがであろうか。当時の茶道具界における古唐津の地位を示唆するようで興味深い事実である。またその後新たに「古唐津（赤出来）」の一点が蔵帳上之部へ加えられている。この六点の詳しい資料を「伏忠覚書」に即しながら並べてみよう。

名物並之部

奥高麗茶碗

深山路　京三井

寛政　伏見や

銀三百枚

位金五百両

（高八・二　口径一四・〇
高台径六・一　高台高一・九）

上之部

古唐津

眞藏院　箱ニ奥高麗トアリ
大川清左衛門

安永　伏見や
金十枚

古唐津
（高八・五　口径一三・一
高台径四・八）
相生　青出来
寛政　竹や喜助
伏見や
五十両

古唐津
（高一〇　口径一四〜一四・五
高台径五・〇　高一・四）
秋夜　赤出来
文化　伏見や
金十枚
（高九・〇　口径一五・四）

秋夜（出光美術館）

奥高麗

青出来　墨助

二百両

位金三百両

（無銘のため特定できない）

古唐津

赤出来

雪川様ニ上ル

（不昧公の弟君）

竹忠

伏見屋

金十枚

この他に、文化八年より前の古記録、上之部のうちに「奥高麗」と「唐津（春日山）」の二点が認められる。計八点が記録から確かめられる不昧公所持の古唐津茶碗ということになろう。

銘がなく追跡調査できないものは別としても、「深山路」「眞藏院」「相生」「秋夜」の現在知られている四点を並べてみると、そこにはある共通点が見出されて来る。不昧公の奥高麗への志向と言うべきであろうか、やや口径の大きくないものの方がお好みであるらしい。「深山路」の口径が十四センチ、「眞藏院」も十三・一センチであり、現在重要文化財となっている「三宝」の十六センチと比べては小ぶりであることはまちがいない。そして形も奥高麗の中ではスッキリととのっていて、力強さ、重厚さの中にも品の良さを感じさせる茶碗が多い。どこか雅びを含んで「きれいさび」にかなう奥高麗たちが集められていたものと思われる。

こうして手もとに集められた奥高麗の茶碗たちは、公によって茶会でどのように実際に使われていたのであろうか。

文化三年以前の不昧公の茶会記は、今のところその存在が知られていないので、茶会の様子も明らかでないが、現存する茶会記にあらわれる唐津茶碗に限ってみれば次の通りである。

文化三（寅）八月十九日
唐津小服
四（卯）一月一日
唐津
〃　一月二十日
唐津　眞藏院
五（辰）十月
唐津中服
六（巳）四月十五日
唐津小服
八（未）六月二十八日
唐津
〃　七月五日
唐津中服

〃　　十月十二日

古（小）唐津　相生

九（申）九月三日

唐津小服

十三（子）三月二十四日

唐津　相生

〃　　十二月十七日

唐津小服

このうち文化八年十月十二日のものと、文化九年九月三日の会記を写すことにする。

文化八（未）十月十二日正午

御口切

独楽庵にて

掛物　北澗墨蹟

（雲州蔵帳による分類
中興名物）

花入　寒きく水仙　石州公一重切　（上之部）

釜　萬代屋釜　（名物並之部）

水さし　備前一重口　（名物並之部）

炭斗　ふくべ

茶入　六条肩衝　（大名物之部）

香合　青磁柿　（上之部）

茶碗　井戸　三芳野　（名物並之部）

茶杓　道安筒　石州公

炮烙　瓶蓋　（上之部）
水建　曲物　（上之部）
御広座
御掛物　梁楷酔翁　（名物並之部）
替茶碗　小唐津　（相生）　（上之部）
釜　少庵　霰　（上之部）
薄茶器　秀次中次
文化九（申）九月三日
正午　名残
独楽庵

掛物　雪舟円相

（不味公の法号、大円庵の由来ともなった品、遺言により孤逢庵におさめられた）

花入　野きく錦 木紅葉　信楽蹲　（上之部）

釜　東洋坊　（中興名物之部）

水さし　木地釣瓶

風炉　与九郎

茶入　盛阿弥尻膨　（上之部）

香合　青貝椿

（原羊遊斎作の不味公お好みの一つ、蓋裏に朱漆で公の花押）

茶碗　山路　（名物並之部）

茶杓　山吹遠州公　（上之部）

炮烙　備前　（上之部）
建水　砂張　（上之部）
御広座
掛物　松花堂茄子
江月賛　（上之部）
釜　四方釜九兵衛
薄茶器　鳴戸吉兵衛焼小大海
（上之部）
替茶碗　唐津

この時の「唐津」がどの茶碗であったのかは分からない。その他の会記中でも銘がはっきりしているのは「眞藏院」と「相生」のみで、当然あったはずの「深山路」や「秋夜」はもちろん、無銘でただ「奥高麗」とされているような茶碗に関しては推定不可能である。もし、どなたか、これに関する資料をお持ちであるならば、どうぞお教え下さい。

文化三年に五十六歳で致仕してからの不昧公は、江戸大崎に二万坪の敷地を持つ隠居所をかまえたが、十一あった茶室の一つが独楽庵である。文政元年（一八一八）四月二十四日、六十八歳で亡くなるまで、利休ゆかりのこの茶室で、公はたびたび茶会を催し、大名、茶人、そして公をとりまく多くの茶道具商たちと数寄風流の世界に遊んだ。公に見出され、茶室の中で賞翫された奥高麗茶碗たちも、きっと幸せであったと思う。

松江は美しい町である。小泉八雲を初めとして、島崎藤村、与謝野晶子など、この町をこよなく愛した文人墨客は数多い。美しい姿を美しいままにと願うのは旅人のエゴかも知れない。タクシーの運転手さんに景観をほめたら「いやあ、活気がなくてね。」と嘆かれてしまった。けれど松平不昧公が遺した城下町、ありし日の文化の面影が色濃く残されているという町は、そうそう日本の国のあちこちに見られるものではない。町ゆく人々の顔つきには「さむらい」たちの品格すら感じられるのである。たそがれ時、松江城の下を歩いていたら、帰宅途中のサラリーマンとおぼしき人と行き逢った。むこうから自転車をひいて来た人と知り合いと見えて、立ち話を始める。「拙者は……」などという会話すら聞こえて来そうで、二人の姿は寛政時代の武士と町人のシルエットそのままに、重なり合って暮れて行った。願わくば松江の町はこのままの形で永く姿を留めて。そうして旅人の不聊をなぐさめてほしい。

5　細川三斎公と「子《ね》のこ餅」

「入り鉄砲に出女」を警戒するため、江戸幕府によって箱根に関所がおかれたのは元和五年（一六一九）とされている。

今しもそこを大名行列が通過しようとしていた。番人たちの制止に対して、殿様は同行の側室達は自分の妻同然の身分であるから改める必要はない、もし後に上からのおとがめでもあった時にはこちらが責を負うと答えさせた。ところがこの番人、「天下の御大法ハ背かたく候間、是非相改申度」と真正面から答えたものである。「よし分かった、改めるがよい。」と殿様、女中衆全員を外に引き出させ、衣装を脱ぎ、髪をとけと命じてしまった。驚いたのは番人である。あわてて、いや、そこまでにしなくともと言ったが、こうなったら止められるものではない。改めが終わると、相違なかったのだなと再三念を押し、確認をとった途端、「最早此上は是非に不及事なり」と番人の首をはねてしまった。江戸へ着いてから幕府に届けを出したが、その言い分は、「人をも見知らぬ番人、何の御用ニ立可申哉と存、斬罪申付候。」というのであった。時の幕閣の責任者土井利勝はこれに対して「御尤ニ存候」と言うばかりであったという。

この短気な猛将が「天下一みぢかき人」などとも評された細川三斎公その人であった。

細川与一郎忠興、幼名熊千代、永禄六年（一五六三）京都で細川藤孝公の嫡男として生まれている。元和六年、五十八歳の時隠居して三男忠利公に家督を譲り、三斎宗立と号した。

父の細川幽斎藤孝公は当時第一級の文化人であり、歌人としても名高い武将である。関ヶ原合戦の直前に丹後の田辺城に籠城したが、古今伝授の絶えるのを憂えた後陽成天皇の勅命によって開城した話が残されている。

正室は明智光秀の愛娘で名を玉といったが、それよりも「細川ガラシャ」というキリシタン洗礼名の方が世に知られている。関ヶ原合戦に際して石田三成に人質にされるのを拒み、大坂屋敷で自害して果て、徳川方の勝利の遠因を作った女性である。

共に激しい性格であった夫妻の日常を語るこんなエピソードがある。

才色兼備のガラシャ夫人に対する忠興公の独占欲は並々ならぬものがあって、夫人の起居する奥への男の家臣の出入りは極端にきびしく禁じられていた。そのきびしさは夫人の自害の折、小笠原少斎が居間の内まで上ることを遠慮して、敷居を隔てて介錯したほどという。ある時奥へ通った忠興公、庭に（あるいは屋根にという説も）下人がいるのを見つけると、即座に手討ちにしてしまった。刀の血をぬぐうのに夫人の小袖を使ったが、夫人の方は少しもさわぐ様子なく、その小袖を三日も四日も平気で着続けていた。結局折れたのは鬼とも恐れられた忠興公の方で、詫びを入れながら「汝は蛇也」と夫人に言うと、「鬼の女房には蛇がなる。」と答えたということである。

荒々しい忠興公に対して、冷たくとりすましていたという印象が語られる玉女であるが、あるいは愛したい心は夫のそれよりも強かったかも知れないと私は考えている。夫の激しさに負けぬほど愛していたからこそ、本能寺の変の後、「御身の父光秀は主君の敵なれば同室叶ふべからず」などと丹波の三戸野へ幽閉したしうちを生涯許すことができなかったとも思えるのである。忠興公は夫である前に武人であり、家の存続が第一義であった。キリスト教に救いを求めた玉女であったが、教義では禁じられているはずの自決の道を選んでいる。生きながらえて葛藤の苦しみを続けるよりは、死して徳川家に恩を売り、忠興公に強い印象を残す方がよいという、戦国女性の哀しい計算だったのではないだろうか。夫妻の墓は大徳寺高桐院の中にある。利休遺愛の丈高い燈籠型のもので、秀吉に渡すことをきらった利休によって上端部が欠けた形で残っているが、三斎公は参勤交代の折にも大切に持ち歩き、それ専用の船まで仕立てたといういわくつきのものである。この燈籠の下で

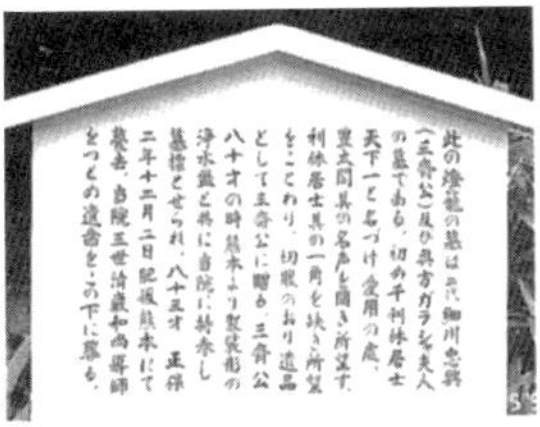

三斎公と夫人の墓

やっとガラシャ夫人は夫の愛に素直に応えることができたのであろうか。

　そうした三斎公はまた茶人としても名高く、利休門下七哲の一人でもあった。利休が処刑される前、堺へ船で下る時、淀で古田織部と共に見送っている。誰もが秀吉の怒りをおそれていた時期に、罪人となって行く師をそっと見送った公には、織部と共に利休の死後は道統を伝え得るのは二人しかないという意識があったと思われる。

　三斎公の所持であったという伝承を持つ奥高麗茶碗は二碗あって、一つは「子のこ餅」といい、もう一つは「眞蔵院」という。今回は「子のこ餅」の方を取り上げて、「眞蔵院」は次にまわしたいと思う。

「子のこ餅」が三斎公のそばにいたという証拠は「綿考輯録」という細川家の家譜の中に見ることができる。「綿考輯録」の巻九から巻二十七までが忠興公の時代の記録なのであるが、その巻二十七、御家名物之大概の中にちゃんと登場しているのである。

「一、ねの子
三ツにかけ候故御名附被成候、源氏物語に子のこハ三ツか一ツなれハと云る心なり。一色杢ニ被為拝領」

これだけでは何のことやら分からないので、「子のこ餅」があらわれている『源氏物語』の問題の部分をぬき書きしてみよう。

「その夜さり、亥の子餅参らせたり。かかる御思ひの程なれば、ことごとしきさまにはあらで、こなたばかりに、をかしげなる檜破子《ひわりご》などばかりをいろいろにて参れるを見たまひて、君、南の方に出てたまひて、惟光を召して、(源氏)『この餅《もちひ》、かう数々にところせきさまにはあらで、明日の暮に参らせよ。今日はいまいましき日なりけり』とうちほほ笑みてのたまふ御気色を、心とき者にて、ふと思いよりぬ。惟光、たしかにもうけたはらで、(惟光)『げに、愛敬のはじめは日選《え》りして聞こしめすべきことにこそ。さても子《ね》の子《こ》はいくつか仕うまつらすべう侍らむ』と、まめだちて申せば、（源氏）『三つが一つにてもあらむかし』とのたまふに、心得はてて立ちぬ。

（新編日本古典文学全珠21『源氏物語』「葵の巻」より）

光源氏は若紫を幼いころから引き取って養育していたが、ひそかに結婚してしまった。それは葵上の喪中のできごとで、玄猪の日に当たっていた。陰暦十月初めの亥の日には餅を食して子孫繁栄、病気回復を願うという風習により、源氏の館でも餅が飾られていたが、一方、三日夜《みかよ》の餅といって新婚三日目の夜には夫婦で餅を祝う風習もあった。正式な結婚であれば公然と儀式ばって祝われるのであるが、紫上は正妻ではなかったので源氏が惟光に秘かに頼むしかなかった。三日夜の餅を、亥の子餅の次の日、即ち子の日にととのえるのであるから、惟光がシャレて「子のこ餅」と呼んで、餅の数はどれ位にしましょうかと聞いたところ、源氏はそこにあった亥の子餅をさして、この三分の一ぐらいでよかろうよと言ったわけである。

それがどう茶碗の銘につながるのかという疑問が湧くが、その答えは、師の利休が筒型の茶碗を三個持っていたことに由来している。「狂言袴」、「挽木鞘」、そしてこの「子のこ餅」である。三碗の一つであるということと、『源氏物語』の「三つが一つにてもあらむかし」とにひっかけたものと考えられている。利休所持の三筒茶碗のうち一つでもあればよいとの意ではあろうが、実際には「挽木鞘」も利休の死の直前に三斎公にゆずられているので、三斎公は三碗のうち、二碗まで独り占めしていたことになる。

もう一つ忘れてならないのは香道家としての三斎公である。香道の中に源氏三習香というのがあり、そのうちの一つにこの「子のこ餅」の故事があげられているのである。最近まで源氏物語三箇の秘事の一つとして奥伝になっていたとも聞く。香道にも精通していた三斎公ならではの命名とも言えようか。

ねの子餅（北陸大学）

ねの子餅（北陸大学）

ねの子餅

ちなみに残りの二つというのは「揚名介《ようめいのすけ》」と「とのゐ物袋」であるとのこと。「子のこ餅」・「揚名介」・「とのゐ物袋」この三つの出典が『源氏物語』のどの部分に当たるかということが即ち奥伝であったわけである。「子のこ餅」はまだしも、「揚名介」、「とのゐ物袋」となると、かなり『源氏物語』を読みこんでいる人でも、すぐにどの箇所かを指摘するのはむずかしいと思われる。当時の文化人階級の間ではそうした教養を競い合うのが高度な「遊び」とされていたのであろうが、三斎公は幽斎公ゆずりで有識故実のエキスパートだったのである。(興味とおヒマのある方は、どうぞ「揚名介」と「とのゐ物袋」の出典に挑戦してみて下さい。ヒントは「夕顔」の巻と「賢木」の巻です。)

奥伝、秘伝などと言われるものは、コロンブスの卵と同じで、分かってしまえばなあんだということにもなりかねない。隠されているという事実そのものが、事は貴い秘伝なのであるという説を聞いて、何だかひどく納得してしまった。

さて、利休から三斎公へゆずられた「子のこ餅」は高木玄斎、閑事庵宗信(坂本周斎)、今井源之亟、諏訪信当、鴻池家と渡って、今は北陸大学に秘蔵されている。

三斎公の奥伝の伝統をかたく受けついでというわけでもないだろうが、かなり前に少数の学者に許可された以外は、一般には公開されたことがないという「箱入り息子」なのである。図版によれば、

高さ	一〇・五cm
口径	儿・二—
高台外径	九・六cm
高台高さ	五・四cm
重さ	〇・五cm
	四一五g

となっている。

やや厚手で素直なろくろの成形、批杷色のやわらかい膚、古唐津の中でも最も初期の帆柱窯で焼かれたものと推定されているらしい。利休所持という伝来から、

今現在、年代が特定できる唐津焼の最古の茶碗なのである。古唐津の起源を考察する上で貴重な研究材料として、一日も早い公開をお願いしたいと思う。

6　細川三斎公と「眞蔵院」

八代平野は見渡すかぎり、丈高い草でおおわれていた。みごとなほど深い緑色はイ草の畑である。かつてはイ草といえば岡山地方と習ったものであるが、今はここで全国のイ草栽培の七十パーセントをまかなっているらしい。「岡山のイ草畑のあとはみいんな工業地帯になってしまいましたよ。」一度は大阪の方へ出てまたこの地方へUターンしたというタクシーの運転手さんが言う。時代の流れとは言え、日本人の住まいの基礎たる畳表である。ここ二、三十年ほどの日本の農業がたどって来た道が見えるような気がした。

熊本県八代地方は細川三斎忠興公の終焉の地である。

寛永九年（一六三二）に忠利公が肥後熊本へ五十四万石で入封した時、幕府から三斎公の隠居料として八代城三万七千石が与えられている。三斎公七十歳の秋であった。

隠居とは言え、三斎公は全く隠静の生活を送ったわけではなく、国政にあずかる相談や、幕閣とのつき合い方などは、忠利公と二人三脚であたっていたものと思われ、自身何度も江戸、京都、八代と高齢の身を押して往来している。寛永十八年に忠利公が急逝し、孫の光尚公が藩主をひきついだ時には、祖父の身ながら将軍家光の前に同道し、「三斎は当家無二の忠の人」と言葉をかけられたこともあった。

それにしても三斎公の伝記を読んで行くと、幕府の公に対する気の使いようが一方ならぬものであることに気がつく。「子のこ餅」の時にも書いたように、他の大名であったなら当然問題となり、悪くすれば取り潰しの原因にもなりかねないような時でも、大目に見られている。大徳寺の希首座を手討ちにして大徳寺の僧たちに訴えられた際も、間に入った板倉伊賀守は、たとえ大徳寺にかえても細川越中守殿を幕府が取り潰すことはないだろう、「細川家はわけあることとなれば」

とさしたとも伝えられている。よほど三斎公と大御所家康のウマがあったのか、徳川家が三斎公に対して借り（もしくは弱味）があったのだろうか。

さて、前回の「子のこ餅」と共に三斎公が所持していたとされる古唐津奥高麗「眞蔵院」は、やや小ぶりな枇杷色の茶碗である。

高さ　八・五cm
口径　一三・一cm
高台径　四・八cm

昨年の松平不昧公の時にもふれたが、雲州蔵帳の上之部に記載がある。

眞蔵院　古唐津
　　箱奥高らい
大川清右衛門（細川三斎公ノ寺眞蔵院）
安永　伏見や　十枚

―平凡社刊「茶碗」第五巻日本二（S47・4・1）による―

「眞蔵院」という銘を、「細川三斎公ノ寺眞蔵院」と書いてあるのを信じて、初め私は細川家の菩提寺の一つかというぐらいに軽く考えていた。ところが院号でも菩提寺でも該当する名は見あたらないとのこと。また現存する各地の「眞蔵院」なる寺々からも、細川三斎公とのゆかりはないとの答えが次々に返って来た。当て字の可能性も考えて、それに近い名ということで細川家とのつながりのあった寺院をたんねんに拾ってみると、

①嵯峨眞乗院（天龍寺の塔頭）
②眞乗院（大徳寺の塔頭）
③眞乗院（南禅寺の塔頭）
④眞乗寺（小倉、日蓮宗）

①は住職と三斎公との往復書簡や細川家系図に関する資料の中に名が見えるが、元治元年（一八六四）に廃絶している。

②は眞乗院そのものと細川家との関係は分からないが、大徳寺高桐院の開山玉甫紹宗和尚は幽斎公の弟であ

天竜寺伽藍焼失図

り、三斎公にとっては叔父に当たる。やはり廃絶。
③は現存しているが、三斎公との直接的なつながりは否定された。ただ、八代の春光院という寺院の住職に三斎公が南禅寺から僧を招いたという記録がある。
④は小倉時代の三斎公創建の寺である。
①②③④とも「しんぜう（じょう）いん（じ）」なのであり、細川家とのゆかりはあるものの「眞蔵院」となるといささか覚束なく思える。
「しんざう（ぞう）いん」「眞蔵院」と呪文のようにつぶやきながら、なおもしつこく探したところ、「綿考輯録」の中に一箇所だけほんの小さい名を見つけた。
⑤芝新蔵院
その部分を次に写してみよう。
「弐百五拾石
宝泉院権大僧都法印大越家高順勝延
一ニ陳貝吹と有、又宝仙院と有ハ誤也
正保二年十二月五日切腹、介錯ハ入魂の山伏ニ頼候由名不知、八代宝泉河原ニ塚あり此所宝泉院存生之時、拝領之地なるよし。
石碑ニ宝泉院勝延行者正保ニ乙酉年十二月三日と有、
（中略）
勝延親は石井備後守吉村とて筒井順慶之弟也
（中略）
一書、勝延八其産所を不知、真言宗にて当山派修験之山伏也、三斎公寵を蒙り、八代御在城之時は北之丸御門外角屋敷を給り住し、奉行職を被命常に側に侍ると云々、
段々御懇之御意共難有奉存、今度御供仕候由、其子永勝院跡式被仰付一ニ宝仙院御擬作不極永勝院八十人扶持と有熊本ニ引出、光尚君御懇被召仕、江戸ニ被召連、於彼地病死芝新蔵院ニ墓所有之
（後略）

即ち、三斎公が正保二年十二月三日八代にて逝去の後、殉死した五人（蓑田平七正元、久野与右衛門宗直、小野伝兵衛友次、高順勝延、輿津弥五右衛門景吉）

のうちの一人が宝泉院高順勝延であり、その子の永勝院の墓所が芝の新蔵院にあるという内容である。宝泉院のことは森鷗外が大正元年に書いた「興津弥五右衛門の遺書」にも「宝泉院は陳貝吹《じんがいふき》の山伏にて、筒井順慶の弟石井備後守吉村が子に候。介錯は入魂の山伏の由に候。」と登場している。

わらにもすがる思いとはこのこと、まさかとは思いながら港区の郷土資料館へ問い合わせてみたところ、「新蔵院はありません。」との返事。ガッカリしかけたら「でも新ではなくて眞の方の眞蔵院ならありますよ。」と言われ、さらに細川三斎公とのゆかりをおそるおそるたずねてみると、「あ、書いてあります。」電話のむこうの声が観音様のように思われたものである。

大正末期まで三田にあったという「眞蔵院」は今は所在が分からなくなっているが、文政年間の「江戸御府内寺社書上」を基に編集された「御府内寺社備考」の中にわずかながら手がかりがあった。

「朝光山南峯院眞蔵院」という五百六十坪の寺域をもつ真言宗の寺である。建立の事情は明らかでなく、数寄屋橋にあったのが八丁堀に替り、さらに寛永十二年から芝へ移転している。

本堂の中には「本蔵胎蔵界大日如来」を初めとして何体かが安置されていたが、その一つ「不動尊　辨慶筆」の横に「右者細川越中守殿ゟ《より》寄附」と書かれている。更にこの寺域には稲荷社もあって、「右社内安置之神仏社頭一式、正保元年二世宥鍵、細川越中守殿ゟ預申候」と付記されているのである。

「細川越中守」は三斎公が天正六年に任ぜられてから、光尚公をのぞいて細川家代々が名乗っているが、光尚公だけは肥後守に任ぜられていた。したがって光尚公の代になっていた正保元年の「細川越中守」とは誰をさすのかははっきりとしない。ただ正保元年といえば三斎公は逝去の前年にあたり、まだ八代に存命中のことであった。

これだけでは奥高麗茶碗「眞蔵院」が①～⑤の寺の什物であったという証拠にはならない。しかし、現在のところ、これ以外に細川三斎公につながる「眞蔵院」の資料が出てこないので、⑤である可能性が一番高いようにも思えるのである。

ところで私は宝泉院の前歴というのに大いに興味をひかれた。宝泉院高順勝延はかつて真言宗の山伏だったというのである。山伏といえば情報の乏しかった当時、全国を自由にめぐって歩く許可を与えられた数少ない集団の一つであり、ある意味ではスパイ活動の一端も荷っていたことは中世の軍事戦略史では常識とされている。殉死ということが、そうそうたやすく許可されたものでないことは、森鷗外の「阿部一族」(これは忠利公への殉死を扱っている)などを読むとよく分かるが、主君の在世中、藩も認めるほどの寵愛と功績がなくてはかなわなかった。前歴がそうであったばかりでなく、介錯したのも山伏ということになれば、山伏集団とのつながりは生涯にわたるものがあったことになろう。そうした人物が三斎公の傍にあって果たした役割、重要な任務とは一体何であったのか。

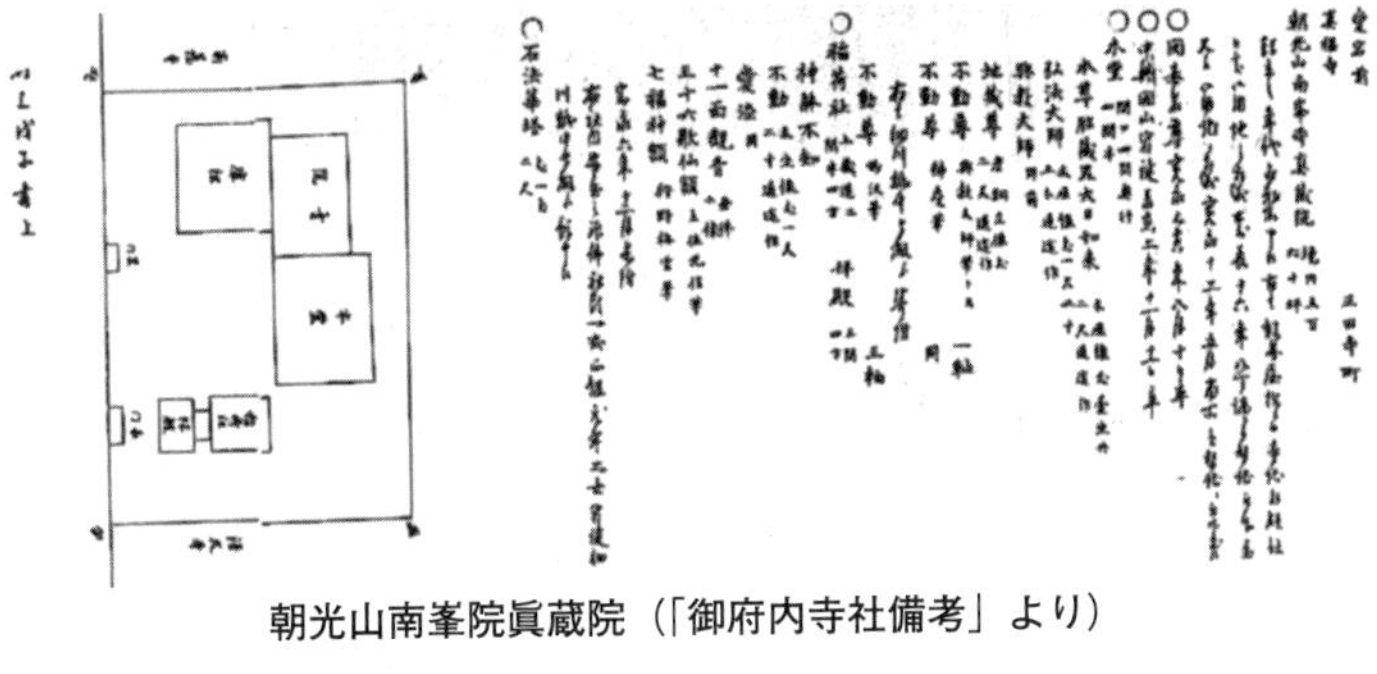

朝光山南峯院眞蔵院(「御府内寺社備考」より)

そもそも細川家は京都の大寺院と密接なつながりを持っている。大徳寺、南禅寺、愛宕山にもおのおの血縁があって、その他天龍寺も妙心寺も、さらに日蓮宗にも真言宗にもかかわりがあったことが確かめられている。仏縁以外でも、こうした人脈があったなら、そこから得られる情報の量は莫大なものがあったことだろう。大寺院の全国の末寺、末社を通じて巨大な情報網がはりめぐらされていたと想像されるからである。現代のインターネットを自由にあやつっていたようなものである。現に本能寺の変に際して幽斎公三斎公父子が光秀の謀反をいち早く知り得たのは、愛宕下坊幸朝僧正からの書状であった。また田辺籠城の時、関東との連絡役として選ばれたのは雲龍院という僧であった。

山伏集団という生きた情報、そして大寺院のネットワークを味方につけていたことは、細川家にとって、戦国の世を乗り切って来ることができた大きな要因の一つでもあったのではないだろうか。他の武将や大名たちが忍者集団をやとわねばならなかったのに比べて、裏の世界の情報ではなく、歴とした表の情報、しかも広範囲に渡る情報源があったということは、戦時ばかりではなく、平時においいても有力な武器となっていたことであろう。とするならば、江戸幕府が開府されて間もなく、芝の増上寺に近いところにあった眞蔵院なる寺も、あるいは江戸における情報の発進基地の一つとしての役割を荷っていたのではなかったか。そんなふうにも思えて来るのである。

いずれにせよ、今のところ奥高麗茶碗「眞蔵院」の命名の真相は深く蔵されたままである。

八代で三斎公が住んでいたという旧跡は、現在松井神社の社域内にあって、小さな池が往時の名残をとどめていた。

相次ぐ戦乱に勝ち残って、京都、丹後、小倉、熊本と度重なる国替えにも、領内を治め家の存続を図らねばならなかった三斎公の大々名としての苦心の跡は、忠利公とかわした三千通にのぼる手紙類に見ることができる。幽斎公、三斎公、忠利公と三代にわたって、足利将軍家、織田信長、豊臣秀吉、徳川家康にそれぞれ仕え、危機を乗り越えながら、病いがちでもあった三斎公、およそ安穏とした生活からはほど遠かったことであろう。多くの取り潰しにあった大名や、戦に負けて滅んで行った名家からは羨望されるような処世の術も、自らは決してそれに満足し切っていたわけでもないらしい。

「代々に召出されて先手して犬におとりて死ぬる無念さ」

という狂歌が残されている。

また幽斎公ゆずりの貴族的な教養、学者としての才能は、茶道、歌道、有職故実、香道、けまり等々多岐にわたって示されているが、それはみな公の中では余技としてしか位置づけされていない。武将としても含めて、全てが超一流の域に達してはいたが、また全ての分野で頂点に立つこともなかった。「人の魁《さきがけ》よ、八代より輩出せよ」とお手植えの梅に遺したとされる言葉は、三斎公の自戒をこめてのものだったかも知れない。

7　中尾是閑

ここ一年あまり、ある男性《ひと》のことが頭から離れないでいる。昔からの有名人なのに、実物にふれようとするとこれが全く正体不明となってしまうのである。いまいましくもとらえどころのない男。その人の名は中尾是閑という。

古唐津茶碗奥高麗の茶碗群の中にも、現在ただ一碗重要文化財に指定されている「三宝」銘の茶碗は、別名を是閑唐津とも呼ばれている。その他に大阪と東京に一碗ずつある中尾唐津、計三碗を少なくとも所有していたとされる人物、それが中尾是閑なのである。奥高麗の中でもとりわけ名碗とされるものを所持し、しかもどれにも自分の名が付されているとなれば、奥高麗を語る上では避けて通れない人物である。

まずは中尾是閑が所持していた三碗のあらましを見ることとしよう。

是閑唐津　銘「三宝」
　高さ　八・〇cm
　口径　一五・八cm
　高台径　六・六cm
　和泉市久保物記念美術館蔵

中尾唐津　銘「中尾」
　高さ　八・〇cm
　口径　一六・〇cm
　高台径　六・二cm
　大阪・個人蔵

中尾唐津　銘「福寿草」
　高さ　七・九cm

三宝（和泉市久保物記念館）

口径　一四・九cm
高台径　五・五cm
東京・根津美術館蔵

元禄から元文にかけて坂本周斎の撰によるとされている「中興名物記」の中に、是閑唐津・中尾唐津の記載が見える。

一是閑唐津　萩原遠江守より
上田宗五

一中尾唐津　和泉屋助右衛門より
上田小平次

上田宗五は江戸中期、深川の材木問屋冬木家の一族で、冬木喜平次の号である。また上田小平次も冬木家の一族で、寛延四年（一七五一）に利休辞世の一軸を千家に譲ったというエピソードが伝えられる人物である。

「中興名物記」が成立したとされる以前からすでに古唐津の茶碗に対して「是閑唐津」「中尾唐津」という呼称が使われていたということになり、なぜ中尾と是閑が分けられたかははっきりしないが、中尾是閑という人の時代はほぼ元禄より以前と見ることができる。

ところで、是閑といえば能の古面の作者名が浮かんで来る。大野出目《でめ》家の初代、出目吉満が号を是閑としたのである。元和二年（一六一六）に亡くなった出目吉満は、文禄四年には豊臣秀吉から「天下一」の朱印を与えられたほどの名手であったという。兵庫県篠山にある能楽資料館には、私が訪れた時たまたま是閑作の「深井」がかけられており、この面の裏には「天下一是閑」の焼印があるとのことであった。能面作者が中尾是閑とはちょっと考えられないが、時代的にはちょうど合致するのも何かの縁かと思われる。一時は私は是閑というのが「法印」や「法眼」のように位や称号だったのではないかとも疑ったが、そうではなく、やはり個人的な名のりの号の一つであるらしい。

となれば茶人としての号が考えられるので茶人の系譜や各茶会記における是閑名をあたってみたところ、野村美術館の谷先生から三例あることをお聞き

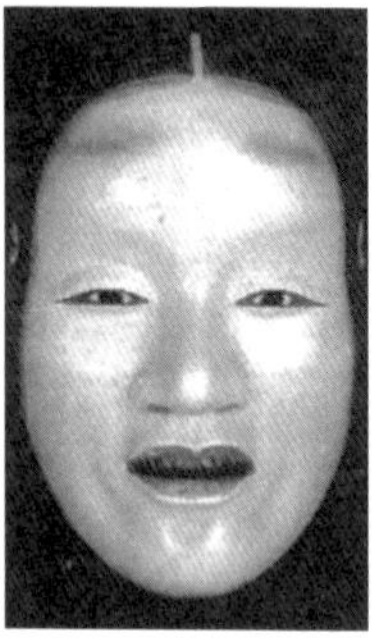
深井　是閑吉満作
（能楽資料館）

することができた。

①天正十八年（一五九〇）十一月十六日
　席主是閑　参会者宗蘊・宗凡
　　　　　　　　宗凡他会記

②貞享四年（一六八七）十月二日
　席主高野是閑
　　　　　　　　国会本臘月庵日記

③貞享五年（一六八八）三月二十二日
　席主仙叟宗室　参会者高野是閑・萩本宗栄・井筒屋十兵衛・同宗流
　　草間直方筆写茶会記
　　仙叟宗室会付

いずれも中尾是閑という名では登場していない。特に②・③であれば高野是閑という人名が誤って中尾是閑として伝えられたということになる。かつて満岡忠成氏はそういう説を唱えられたことがあり、それによると高野是閑は「毘沙門堂門跡の茶友、光悦との交友もあり」（古美術研究第十五巻第二号）ということになっている。けれど光悦との交友があったとすると、いささか年代が合わなくなって来る。また京都の毘沙門堂の方にそうした資料が残っていないかと問い合わせてみたが、古文書類は昭和四十年代までは保存されていたが、その後焼失したり散逸したりで現在は全く残されていないという回答が返って来た。

残る①の宗凡とは堺の天王寺屋津田宗及の長男のことで、慶長十七年（一六一二）に没しているこの人と親交があったらしい「是閑」なる人物が、最も中尾是閑としてイメージ的、時代的に合うような気がしている。茶会記のこの部分、

（天正十八年）霜月　十六日朝

是閑宗蘊・宗凡

一上座ニ竹ノツツ（筒）かけて存之、菊少生候、手水之間とられ候

一しりはり釜　いつもの茶湯

と茶事のさまが記されているが、「いつもの」という程であるから、是閑、宗蘊、宗凡の三人は特にあらたまることもなく、気のおけない親しい間柄であったこと

がうかがわれる。

なお、宗凡はこの時期天正十八年十一月ごろには、三日にあげずと言いたいほど様々な茶会に参会しており、随分忙しく往来している様子が茶会記から読みとれるのであるが、十一月十一日には大和郡山へ出掛けて、池田伊豫守という人の席において「道三法印」即ち曲直瀬道三《まなせどうさん》という医師と同席している。また是閑の席の前日に当たる十一月十五日には、堺の天王寺屋のある材木町からほど近い柳町の道通という人の茶会に、やはり宗蘊・宗凡という顔ぶれで出席している。後述するが、中尾是閑には加賀藩の医師であったという伝承があり、もし、是閑の茶会が金沢で催されたとすれば一日で堺から金沢へおもむいたことになり、この当時いくら健脚でも、これは不可能と思われる。

様々な可能性が考えられるが、ここで中尾是閑の加賀藩の医師説について考えてみたい。「唐津」（陶磁叢書第二巻、昭和22年日本陶磁協会編）の「からつ展望」と題する中で、前田幾千代氏が私蔵の陶器古写本から抜粋したとして、中尾是閑についてふれておられる。

一、中尾是閑唐津

古唐津、建長より文明永禄の間ナリ。白土赤土共ニアリ。此頃ノ唐津ハ古唐津ト唱ヘタマサカニアリ。名器ノ内　中尾唐津　同　是閑唐津、中尾是閑ト云フ醫師ノ所持スル所ノ二品ナリ。一ヲ中尾ト云フ、又一ヲ是閑ト云　賞テ名ニヨベルモノナルベシ、皆此年間ノウチノ唐津ナリ。

また昭和26年の「茶道全集」（矢部良作編集、創元社）や、昭和52年「名物茶碗ものがたり」（小田栄作著　求龍堂）でも同様に、中尾是閑が医師であることを伝えている。さらに昭和45年「茶道美術全集3・茶碗　和物」（加藤唐九郎　求龍堂・淡交社）には「加賀藩の医者中尾是閑」と書かれているが、昭和55年「茶道美術鑑賞辞典」（池田巖ほか　淡交社）によると「加賀藩の中尾是閑」となって、「医師」をのぞいてある。

その他の多くの文献が「…という伝承がある」という具合の歯切れの悪い記述になっている。金沢の市立図書館へ行けば加越能文庫を初め、加賀藩ゆかりの古文書が集められているので、そちらに何か手がかりがないかと探してみることにした。

最初に医師関係から検索しようとしたが、歴代の藩医名簿のようなものは元々なく、強いて探すならば藩士の人名帳からであるが、そこには当時の主だった藩医しか載っていないので、軽禄である場合や藩医とは言え家老の侍医だった人、町医などの場合は記録されないことが多い。また加賀藩の侍帳は、残っている年代はごく限られていて、特に初期のものはかなり飛び飛びになっていた。

慶長十七〜十九年（一六一二〜一四）の「侍帳」を見ると、三百石〜百石の知行高をもって澄庵・澤田道才・理庵・道甫・慶安・道閑と六名の医師が召し抱えられている。しかし中尾姓や是閑名のものは見当たらず、そのあとの「侍帳」のある年代を天文まで確認したが、藩医の中にはそうした名を見つけることはできなかった。ただ侍帳自体が整備されて行く中で、寛文十一年（一六七一）「侍帳」には今までの石数と名前のみでなく、例えば軽禄の医師の部分で、
一、拾人扶持組外醫師
二十一佐々玄養

一、四百俵　大坂着米　組外醫師　三十九大石三折
一、三百俵　大坂着米　組外醫師　四十一享徳院法眼
一、黄金五枚組外外科　三十六生田丈仙　外三拾人扶持（延宝二年二月死）
一、黄金五枚組外醫師
六十九大和坊法橋
一、小判拾両組外醫師
六十五堀宗佐

などのやや詳しい記載が見られた。特に注目したいのは、この年の全医師十三人の中で大坂着米で扶持を受けている医師が二人いることである。これで類推すれば、それまでの記録から洩れてはいるが、あるいは堺、京都、大坂屋敷などにおいて召し抱えられていた医師の中に、中尾是閑がいたかも知れないのである。

次に中尾姓で当たってみると、慶長之侍帳（十七〜九年）の中に、

一、三百石　九人　中尾外記

とあり、寛永四年侍帳（一六二七）からは、

一、三百石　中尾権左衛門

寛文四年（一六六一）、寛文十一年（一六七一）には、

一、三百石　馬廻組　六十七中尾惣兵衛

とあった。この中尾外記、中尾権左衛門、中尾惣兵衛とはおそらく同族であろうと思われる。明治になって提出された「先祖由緒一類附」を調べると、慶長元年（一五九六）に中尾与三兵衛なる人物が、中尾家二代目となる権左衛門という息子を連れて尾張から加賀へ来たことが記されている。そして中尾家の四代目中尾梅林という人は、享保十年（一七二五）に御表方坊主に召出され、「御道具才料相勤」元文元年（一七三六）死去したことが記載されていた。つまり茶道に関わりのある家柄であり、茶道具の扱いをまかされていたというのである。「三壷聞書」および「御夜話集」といった加賀藩初期の藩主の夜話が綴られたエピソード集を読んでみても、中尾一族が各地の戦の場面において奮戦して手柄を立てたような話は登場していないところを見れば、中尾家というのはおよそ武門のほまれ高い家柄であったというようなことはなさそうである。

すると、中尾家というのは元々道具方として仕えていたのかも知れず、この一族のうち誰かが医師となり、茶道具の目利きであった可能性も否定できない。さらにその任地が大坂や堺にあったとしたら……。とそんなふうに想像もされるのである。しかし、これすべて確証には至らず、中尾是閑は依然として謎のままである。

少々落胆した想いで金沢を去るべく、宿の前のバス停に立っていた時、逆の方向へ走り去ったバスの行先標示が「中尾」であるのが目に入った。あわてて宿へもどりたずねてみたところ、金沢の奥、富山県境に中尾山という地名があるとのこと。およそ中尾是閑に関係があるとも思われないが、落ち込んだ気分にとっては、神様が元気づけて下すった贈り物のような気がしたものである。

折から帰宅して雑誌を読んでいたところ、またもや九州・有田の近くに「中尾山」があることを知った。収穫は期待できないにせよこうなったら気のすむまで行ってみようと、中尾是閑の旅をしめくくることにした。

訪れた中尾山は、てっきり佐賀県だと思ったのに長崎県の波佐見町中尾郷で、江戸時代は大村藩に属していた。正保元年（一六四四）から中尾山一帯で磁器が焼かれていたという。おどろくほど上質の青磁やら、時代が下ると「くらわんか茶碗」が大々的に発掘され、今でも町全体で磁器が出荷されているとのことであった。それ以前にも少ないながら施釉の陶器が古窯から発掘されてはいる。伝記によれば中尾庄右衛門という人が肥前中尾窯の開祖なのだそうで、出土品を見せてもらったところ、唐津らしきものも見かけたが、残念ながら奥高麗とは比べるべくもないのであった。

やきものの町らしく、あちこちの山肌から陶土がのぞき、川床の赤土の上を清冽な水が流れている。地区の全戸が焼き物に従事している様子で、生業の方向性を等しくしている人々の和が町全体に漂っている。中尾山の傾斜に沿って段々に下りてゆく、一戸一戸の屋根がわらの重なりが、夕陽の中でとても美しかった。

それにしても、私があらかじめ電話でお聞きした町の教

中尾山古窯跡

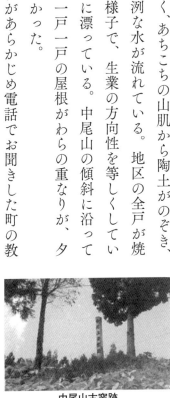

育委員会の課長さんにしても、案内して下さった方にしても、何とこの地方には土のにおいのするようなあたたかい人が多いのだろう。私の説明役を引き受けて下さった浦郷さんというご老人は、長い間波佐見の窯業関係の公職にあり、退職してからはボランティアで訪れる人を案内してまわっているとのお話であった。損得勘定ばかり多いような現代の社会の中で、およそそんなこととは無関係に、ひたすらこの「歴史ある」波佐見の町を知ってもらおうと、とにかく一所けんめいなのである。むし暑さにいささかグロッキーになりながらも、久しぶりに古いもの、歴史のあるものを守りぬこうとしている骨太い人たちにめぐり会えた気がしてうれしかった。

別れ際の浦郷さんの言葉、

「またどうぞ波佐見へ来て下さい。私のことは忘れて下さってけっこうです。でもどうか波佐見のことは忘れないで。」

私はそれを聞いた時、頭の中の線がどこかで奥高麗にカッチリとつながったのを感じた。中尾是閑には会えなかったが、遠い九州の中尾山へ来て、中尾是閑が大切にした奥高麗茶碗たちを造った陶工の心にふれた気がした。静かで深く大きく、そのくせどこかなつかしいその魅力を改めて想い起こすことができた。

「ええ、きっと。」

大きくうなずきながら、私はそう約束せずにいられなかった。

8　奥高麗茶碗の総数

これまで様々な角度から奥高麗の謎を取り上げて来たのであるが、一体、奥高麗と呼ばれる茶碗たちは今現在日本に何碗ぐらいあるのだろうか。この辺りで一度数えてみたい。

と言っても、奥高麗茶碗のはっきりした規定がない以上、これは奥高麗に入る、いや含まれないなどという議論が出て来るのは必至であり、実数となると未だ世に出てこない隠れた名碗もあろうから、正確なところをつかむのは大層むずかしい。そこで今回は、さし当たって、今まで出版物等によって「奥高麗」と発表されたもの、及び所有者が「奥高麗」と認識されているものは全て数に含めることとした。今後、唐津の研究が進むにつれて、専門家の方々が区分、認知して下さればと考えている。

Ⓐ奥高麗の名碗として昔から知られ、現在所在がはっきりしているもの——

1「三宝」（是閑唐津） 大阪 和泉市久保惣記念美術館
重要文化財 高さ七・三cm 口径一五・八——一六・〇cm 高台径六・六——六・七cm
（以下、cmは略す）

2「ねの子餅」 北陸大学
高さ一〇・四——一〇・五 口径九・二——九・六 高台径五・四——五・五

3「深山路」 京都民芸館
高さ七・八——八・〇 口径一三・六——一四・一 高台径六・一

4「中尾」 個人蔵
高さ七・五——八・一 口径一五・二——一六・〇 高台径六・二——六・五

5「眞蔵院」 個人蔵
高さ八・三——八・六 口径一三・〇——一三・一 高台径四・八——五・〇

6「糸屋」 個人蔵

高さ七・三―七・九　口径一四・九―一五・四　高台径五・一―五・四

7「秋夜」　出光美術館（本書49ページ参照）

高さ八・六―九・〇　口径一四・九―一五・八　底径五・〇―五・八

8「さざれ石」　出光美術館

高さ八・四―八・五　口径一五・〇―一五・二　底径六・六―六・七

9「離駒」　田中丸コレクション（本書17ページ参照）

高さ七・〇―七・二　口径一一・三―一二・五　高台径五・七―六・六

10「閑窓」　田中丸コレクション

高さ九・四―九・七　口径一五・六―一五・九　高台径五・九―六・二

Ⓑ出版物に登場し、銘のあるもの――

11「舟越」　田中丸コレクション

高さ九・六―九・七　口径一四・六―一四・七　高台径六・一―六・二

12「冬の月」　田中丸コレクション

高さ八・五―九・五　口径一四・四―一四・六　高台径五・四

13「踞虎」　逸翁美術館

高さ七・七　口径一三・八　高台径六・三

14「残雪」　逸翁美術館

高さ九・〇―九・四　口径一三・七―一三・九　高台径六・〇

15「福寿草」（中尾唐津）　根津美術館

高さ八・二　口径一四・七　高台径五・四

16「ささや」　藤田美術館

高さ八・二　口径一五・六　高台径六・五

17「秋月」（是閑茶碗）　藤田美術館

高さ九・〇　口径一三・四　高台径六・四―六・五

18「山里」　個人蔵

高さ八・六―八・五　口径一三・九―一四・一　高台径五・八

淡交社「一楽二萩三唐津」（昭五八・一〇）

19「かすがい」 個人蔵
高さ六・九 口径一二・九―一三・五高台径五・一―五・四
淡交社「一楽 二萩 三唐津」(昭五八・一〇)

20「筑波」 個人蔵
高さ九・五 口径一九・五 高台径六・八
中央公論社「陶磁全集17 唐津」(昭五一・三)

21「青出来」 個人蔵
高さ二寸六分 口径四寸七分―四寸八分高台径二寸一分―二寸一分五厘
「日本美術工芸」(昭二三・五)

22「思ふ君」 個人蔵
高さ九・一 口径一三・〇 高台径五・五
至文堂「日本の美術136 唐津」(昭五二・九)

23「あけぼの」 個人蔵
高さ八・三 口径一二・七 高台径四・七

至文堂「日本の美術136　唐津」（昭五二・九）

24

「漢和」　個人蔵

高さ九・二　口径一四・八　高台径五・五

サントリー美術館「日本の名碗一〇〇」（昭六一）

25

「もろこし舟」

高さ八・九　口径一四・八　高台径六・二

保育社「カラーブックス369　茶碗のみかたⅠ」（平三・一一）

26

「こけ衣」　愛媛文華館

高さ八・二　口径一三・九　底径五・四

27

「安井」　大和文華館

高さ九・八　口径一五・八　高台径六・一

28

「松下」　個人蔵

高さ九・七　口径一四・八

岡島美術記念館「茶碗名品展」（昭五二）

29「白砂」　個人蔵
高さ八・五　口径一四・〇　高台径五・四
求龍堂「古唐津百碗」（昭四六）

30「萬年杉」　福岡東洋陶磁美術館
高さ八・七　口径一五・五

31「鳴戸」　個人蔵
高さ九・〇　口径一四・五　高台径六・五
佐賀県立博物館「古唐津」（昭五三・一〇）

32「曙」　出光美術館
高さ八・二　口径一四・一　高台径五・九
出光美術館「古唐津」（平二・四）

33「蓬壺」　MOA美術館
高さ九・〇　口径一三・九　高台径五・三

34「老の友」　個人蔵

萬年杉（福岡東洋陶磁美術館）

高さ三寸　口径四寸五分五厘―四寸八分高台径一寸九分
日本陶磁協会「陶説25」（昭30・4）

Ⓒ出版物に登場する奥高麗、無銘で所在が分かっているもの――

35　奥高麗茶碗　出光美術館
高さ九・〇　口径一四・二　底径五・四

36　奥高麗茶碗　出光美術館
高さ八・三　口径一五・〇　底径六・〇

37　奥高麗茶碗　出光美術館
高さ八・三　口径一四・八　底径五・四

38　奥高麗茶碗　出光美術館
高さ九・六　口径一五・七　底径六・四

39　奥高麗茶碗　出光美術館
高さ九・〇　口径一四・四　底径六・二

40　奥高麗茶碗　出光美術館
高さ一〇・五　口径一四・四　底径六・八

41　奥高麗茶碗　出光美術館
高さ八・六　口径一四・六　底径五・七

42　奥高麗茶碗　出光美術館
高さ九・八　口径一五・四　底径六・四

43　奥高麗茶碗（小堀正之の箱）　田中丸コレクション
高さ九・二―九・三　口径一五・五―一五・六　高台径六・一―六・三

44　奥高麗茶碗　根津美術館
高さ七・三　口径一五・五　高台径六・三

45　奥高麗茶碗　田部美術館
高さ八・六　口径一四・七　高台径六・三

46　奥高麗茶碗　MOA美術館
高さ八・九　口径一四・七―一五・三高台径五・八

47　奥高麗茶碗　湯木美術館
高さ七・一　口径一二・八　高台径五・〇

Ⓓ出版物に登場した奥高麗、銘がなく所在が明らかにされていないもの――

48　奥高麗茶碗
高さ九・二　口径一四・八
読売新聞社「古唐津の流れ」（平五・八）

49　奥高麗筒茶碗
高さ一〇・〇　口径八・九
読売新聞社「古唐津の流れ」（平五・八）

50　奥高麗茶碗
口径一四・三
平凡社「日本陶磁大系13　唐津」（平元・五）

奥高麗茶碗（田部美術館）

51
奥高麗茶碗（根抜）
高さ八・八　口径一五・五　高台径六・〇
中央公論社「日本の陶磁5　唐津」（平元・四）

52
奥高麗茶碗
高さ八・九　口径一四・九　高台径六・四
中央公論社「日本の陶磁5　唐津」（平元・四）

53
奥高麗平茶碗
口径一四・四
平凡社「日本陶磁大系13　唐津」（平元・五）

54
奥高麗茶碗
高さ八・五　口径一四・七　高台径六・七
中央公論社「日本陶磁全集17　唐津」（昭五一・三）

55
奥高麗茶碗
高さ八・〇　口径一五・七　高台径六・二

中央公論社「日本陶磁全集17　唐津」(昭五一・三)

56　奥高麗茶碗
口径一二・四
平凡社「陶磁大系13　唐津」(昭五三・六)

57　奥高麗茶碗
高さ九・〇　口径一二・〇　底径六・四
平凡社「陶器全集3　肥前の唐津焼」(昭三三・九)

58　奥高麗茶碗
高さ七・六―八・一　口径一三・三―一三・八　底径六・一―六・八
平凡社「陶器全集3　肥前の唐津焼」(昭三三・九)

59　奥高麗茶碗
平凡社「陶器全集3　肥前の唐津焼」(昭三三・九)

60　奥高麗茶碗
平凡社「陶器全集3　肥前の唐津焼」(昭三三・九)

61　奥高麗茶碗 中尾手
創元社「茶道全集六　茶陶」（昭二六・）

62　奥高麗茶碗
高さ七・四　口径一一・六　高台径四・〇
至文堂「日本の美術136　唐津」（昭五二・九）

63　奥高麗茶碗
高さ八・四　口径一三・三　高台径五・五
至文堂「日本の美術136　唐津」（昭五二・九）

64　奥高麗茶碗
高さ八・八　口径一三・〇　高台径五・六
保育社「カラーブックス369　茶碗のみかたⅠ」（平三・一一）

65　奥高麗茶碗
高さ八・九　口径一四・一　高台径五・六
保育社「カラーブックス413　茶碗のみかたⅡ」（平三・一一）

66 奥高麗茶碗
日本陶磁協会「陶説75」（昭三四・五）

67 奥高麗茶碗
高さ九・一　口径一五・四
朝日新聞「一楽　二萩　三唐津」（昭五二）

68 奥高麗茶碗
高さ八・一　口径一一・七
マリア書房「緑青9」（平五・四）

69 奥高麗茶碗
高さ八・九　口径一四・五
マリア書房「緑青9」（平五・四）

70 奥高麗茶碗
高さ九・二　口径一四・八
マリア書房「緑青9」（平五・四）

71
奥高麗茶碗
高さ一一・〇　口径九・〇
マリア書房「緑青9」(平五・四)

72
奥高麗茶碗
高さ八・五　口径一三・八
マリア書房「緑青9」(平五・四)

73
奥高麗茶碗
高さ七・六　口径一三・八
マリア書房「緑青9」(平五・四)

74
奥高麗茶碗
高さ八・二　口径一四・五
マリア書房「緑青9」(平五・四)

75
奥高麗茶碗
高さ七・五　口径一四・二

76
マリア書房「緑青9」（平五・四）
奥高麗茶碗
高さ六・九　口径一二・九―一三・五　高台径五・一―五・四
淡交社「茶碗　一楽　二萩　三唐津」（昭五八・一〇）

Ⓔ今まで未発表だったもの――

77
奥高麗片口茶碗　東京　個人蔵
高さ一一・三　口径一九・〇　高台径八・〇

78
奥高麗茶碗　神奈川　個人蔵
高さ八・四　口径一五・八　高台径六・三

79
奥高麗茶碗　神奈川　個人蔵
高さ七・〇　口径一三・四　高台径五・八

80
奥高麗茶碗　銘「白頭」　東京　個人蔵
高さ八・二　口径一三・五―一四　高台径五・五

奥高麗茶碗（個人蔵）

Ⓕその他（伝聞・未確認・未発表）――

81 奥高麗茶碗 銘「鏡山」福岡 個人蔵

82 奥高麗茶碗 愛知 個人蔵

83 奥高麗茶碗 岐阜 個人蔵

84 奥高麗茶碗 富山 個人蔵

85 奥高麗茶碗 石川 個人蔵

86 奥高麗茶碗 東京 個人蔵

87 奥高麗茶碗 東京 個人蔵

88 奥高麗茶碗 東京 個人蔵

89 奥高麗茶碗 神奈川 個人蔵

90 奥高麗茶碗 宮城 個人蔵

91 奥高麗茶碗 佐賀 個人蔵

92 奥高麗茶碗 銘「入相」

以上九十二碗が数としてつきとめられたが、このうち重なっているものもいくつかあることが予想される。基本的に写真がなかったり寸法の表示がないものはお手上げである。また、おそらくこれとこれは同じであろうと直感されるものもあるが、それはあくまで推測にすぎない。よく似ていても全く別の茶碗という場合もあろうから、ここでは一応、同じと思われても（どなたかが証明して下さらない限り無理なので）別の番号をふっておいた。

さらにはまだ未公開で個人のお宅に秘蔵されているものもかなりあると思われる。所蔵者の意志で世間には出さず一人ながめているというならまだしも、家族の未知（無知？）ゆえに出てこないなどという場合だってあり得なくはない。例のテレビの鑑定団に登場するように「祖父が何やら集めていたが、家族は皆バカにしてまともに聞いていなかった。じゃまくさいので処分したい。」ということで突然陽の目を見る。ン百万、ン千万などと言われて、「えっ、このキタナイ茶碗が！」と目を白黒……という状況も、広い世間にはないとも限らない。

ともあれ、重複やら秘蔵、死蔵を考慮に入れて、最終的には、日本全国にある奥高麗の数は百を超えるのではないかと考えている。シロウトの私が調べるのには限りがあって、それ以上は今後の研究者の方々に期待するのみである。

9　糸屋良斎と伊達綱村茶会記

あなたはお茶が好きですか？　こう聞かれて、あんな片っ苦しいのはいやだねと言う人、飲む（喫む）のは好きだがお作法はどうもと言う人、中には好きです好きですお茶会ならどこへでも飛んで行きますという人もあるかも知れない。また好きというより修業ですという答えもあろうし、生計《たつき》の道だからという人も考えられる。まあいずれに属する人にせよ、もしも来る日も来る日もお茶会が続いたら、初めのうちはともかく、しばらくすると音を上げてしまう人が少なくないのではないだろうか。まして、朝・夕・夜と一日のうちに三度も行なわれたら、これはもう地獄だろうと思うがいかが。さらにその亭主が極めつけの気むずかしやの高貴な人だったら……！

その何とも気の毒な苦行（？）を元禄時代に強いられていた一人に、糸屋良斎という商人がいる。古唐津奥高麗の名品の一つに「糸屋唐津」という茶碗があり、それを所持していたとされる人物である。今回もまた奥高麗茶碗の周辺の古い資料を調べているうちに、浮かび上がって来たのが良斎の凄まじいとも言えるような茶会出席の有様であった。彼をしてこうした日常を余儀なくさせていたのは、仙台伊達藩の四代藩主、伊達綱村公である。

伊達藩の文献の中で「糸屋」の姓を持つ商人は幾人か存在するが、綱村公の時代に糸屋良斎という名が初めて登場するのは延宝六年（一六七八）二月十八日、綱村公二十歳の時、仙台の古川に鷹狩りの際に「京都市人糸屋良斎献物」という部分である。京都の商人ということなので、『京都市姓氏大辞典』（角川書店）を探してみると、江戸前期の「糸屋」の項には糸や市左衛門、糸屋市郎右衛門、糸屋喜太郎、糸屋十右衛門、糸屋甚太郎、糸屋清五郎の名が並んでいる。このうち糸屋十右衛門が数寄者として名高い。そこでまずこの家系に焦点を当ててみよう。

糸屋十右衛門、姓は打它《うつだ》、十右衛門は世襲の名とある。初代は春軌《はるのり》、また宗貞と号し、初めは飛驒高山城主の金森氏に仕えた。武士であったが鉱山発掘で財をなし、敦賀に移ってからは米問屋を営み、佐竹藩や秋田藩の米を京都へ運ぶ回米問屋として成功した。その子の公軌《きんのり》が京都の店の他に大津にも支店を持つなど、豪商として知られるようになり、和歌の世界や茶ノ湯を通じて寛永の文化人たちと交わったことが伝えられている。ところが三代目景軌、四代目光軌の時代になって、九州の細川家や島津家などの大名貸しに失敗して家産を傾け、とうとう「行衛なく身上果申候」という次第になってしまった。この辺りの消息は小高敏郎氏の『近世初期文壇の研究』（昭39、明治書院）の「打它公軌とその子孫」に詳しい。

妙に悪評のついて回る家系で、初代春軌は軍役板の運搬を横流しした罪で御用商人を追放処分されているし、二代公軌は「いとやの十右衛門とて財宝にあきみちたる人の、此道にすきて」とその富にまかせて驕慢不遜のふるまいが多かったと書かれている。例えば茶道具の名品を収集する際、「ゐいにむ肩衝」という茶入を金千枚で買取ることになったが、その代金を車に載せてこれみよがしに白昼京都の町を引き回したなどである。歌壇では木下長嘯子の門下となり、実力もあったらしいのに、主流派からは反感を買っていた。こうした傲岸な態度、戦国期の大商人たちの遺風とも言えるふるまいも、豊潤な富の力あればこそ。景軌の時代となると初めは父ゆずりの驕奢な性格で（鳴滝の印金人麿堂建立など）世人の耳目を驚かせたりしたものの、大名貸しの失敗の後は歌壇からも閉め出されてしまうほどの凋落ぶりである。更にその子の光軌の時代には、もはや京都で経済的に立って行く実力はなく、相馬に下って中村藩に和歌の道で召し抱えられる身となってしまった。「和歌の便より町人の分として、堂上の御歴々に交り、我身の本心を忘れ、終に大分の身上滅亡す。」と「町人考見録」ではさんざんに評されている。

糸屋良斎がもしこの家系のうちであるとすれば、延宝六年（一六七八）の時点で生存していた十右衛門光軌（公軌は一六四六年没、景軌は一六七〇年没）ということになるが、光軌はこの年十三歳になったばかりで、その後相馬家に仕えた光軌がたびたび仙台の綱村公の茶会に出席できるはずもなく、別人としか思われない。ただし一族である可能性は残しておきたいところである。

次に綱村公が三代藩主綱宗公から代替わりした直後、藩の蔵元を一手に賄ったとされる「糸屋良西」、この人と良斎が同一人物という説がある。しかし糸屋良西はそれからすぐに何かの罪によって遠島の刑を受け、藩の御用商人は大文字屋良怡に替わっている。一方、糸屋良斎は綱村公の茶会記の中で、宝永二年（一七〇五）五月九日まで出席し続けているので、綱村公が代替わりした直後に「無間遠嶋仕」った糸屋良西ではあり得ないことになる。

また「糸屋与兵衛」も良斎説があるが、やはり元禄八年（一六九五）十二月二日の茶会記に「糸屋良斎、糸屋与兵衛に賜茶」と二人の名が並んで書かれている。また元禄十年六月二十七日に「糸屋良斎奏饗の節与兵衛所持ノ茶碗御覧公収セラレ時服三領判金三枚ヲ賜フ」という記録がある。別人である証明は十分だと思う。

そしてもう一人、良斎説のあるのは「伊達家文書」の中の糸屋与四郎である。

「過半者糸屋与四郎、綱宗様小石川御小屋ニ而御直々被仰付段々調上申候而御普請之御首尾合申候由候、佗助御茶人御買物一樽屋手前有之、御行当之節与四郎以才覚金子調上、御茶入御受返被遊、御遺物之御首尾モ合申候」

前出の糸屋良西と同じ人という説もあるが、また良斎でないという証拠もない。逆に言えば良斎とも考えられるのである。この話の中で糸屋与四郎が請け返した佗助茶入というのは、寛永十二年（一六三四）正月二十八日に初代政宗公が三代将軍家光から拝領したものである。いわばお家の重宝といったようなものまで質入れしていたのであるから、当時の伊達藩の財政の実情が知れるというものである。どれほど高価な品であったかは分からないが、茶道具の名品の質受けに尽力するというのが、どうも後述する糸屋良斎のプロフィールに似つかわしいような気がして、（少々年かさなのが気にかかるものの）私としてはこの与四郎が若き日の良斎に一番近いような印象を持っている。しかし、今はこれ以上の資料が望めないので、今後の研究に期待したいと思う。

というわけで、今のところ糸屋良斎の素性がはっきりしない。けれど治家記録などによって時々散見できる良斎の記事で、おぼろげながらその アウトラインを知ることができる。参考になりそうなものをあげてみると、

元禄元年九月十一日

糸屋良斎に拝謁命ぜられる

元禄二年八月五日

糸屋良斎京より下着

元禄五年三月十九日

糸屋良斎帰京

元禄八年七月十三日

糸屋良斎孫出生の賀

元禄九年一月十八日

糸屋良斎帰京願、良斎に加増、給米十五人分

元禄十五年十一月二十九日

糸屋良斎に大町銭形屋喜八郎旧屋敷を賜う

これを見ると、糸屋良斎は多分江戸にも屋敷（あるいは店）があったが、京都の商人であること。元禄九年以前から伊達藩から扶持を得ている身であること。そしてそれはおそらく藩への多大な献金の見返りであることが想像される。元禄

九年の加増も元禄十五年の屋敷を賜ったことも、後述するような茶道具の献上ばかりでなく、実際の伊達藩の財政に関わるような功績や献金によるものであろうことも推測されるわけで、この当時の豪商の一人だったことの裏づけとなる。またその一方で、私生活の面で「孫」の出生を藩主に祝ってもらうことのできるような家庭人の顔がのぞかれて大変興味深い。

その他糸屋良斎のことを知る手がかりは「名物釜所持名寄」「茶湯俗談」の中などにあり、遠州流の茶人であること、鴻池道憶とも親交があったこと、茶道具、特に茶入の目利として知られ、天明丸釜、廣澤茶入、呉竹等の数々の名器を所持していたことが分かる。数寄者としての名声は当時から知れ渡っていたらしいが、奥高麗茶碗「糸屋唐津」にその名が冠せられることによって、永く後世に伝わることになったわけである。

ここでその「糸屋唐津」の茶碗にふれておこう。

高さ七・九cm

口径一五・〇cm

高台径五・四㎝
高台高さ一・〇㎝

という唐津としてはわりと大ぶりの青井戸型の茶碗である。釉は還元焼成の青味にあがっていて、古格を備え、ほのぼのとした温かみも感じさせるような茶碗である。内箱の蓋表には銀粉で「いとや唐津　茶碗」と誰かの筆によってか書かれている。伝来については糸屋のあとは京都の福井家に伝わったことしか分かっていないが、数寄者の間では「中尾」「是閑」とともに、唐津三碗の一つとして評価が高かったという話である。長く秘蔵されて行方が分からなかったらしいが、近年、神奈川県の個人蔵となって展覧会でも「お目にかかれる」機会があった。実物を一目見た時の感激は今も忘れることができない。

そういう糸屋唐津を所蔵していた目利きでもあり、茶人としても名高かった糸屋良斎は、綱村公の茶会記の中にたびたびその姿を現わしている。この現存する「伊達綱村茶会記」というのは、元禄六年(一六九三)十月二十三日から宝永二年(一七〇五)までに綱村公が仙台城内外や江戸邸で催した茶会の記録である。総数千三百回以上もの茶会が詳細にわたって書き留められているが、そのうち元禄十四年、十五年、十六年の三年間の回数が突出して多い。一年に三百回近くが行なわれているが、これはかなり驚異的な数字と言っていいと思う。朝・晩・夜と繰り返し行なわれているが、これはおそらく日中は公的な時間帯であったからと考えられる。綱村公は大名としての生活、つまり参勤交代やら、江戸城中での行事、藩主としての義務、領内の見巡りや先祖のまつりごとに至るまで、相当精勤のあとが見られ、その面では「まじめな」殿様であったので、公的な生活以外のほとんどを茶ノ湯に費やす明け暮れだったのであろう。五代将軍綱吉の治世の下で元禄文化の爛熟期であり、武家町人ともに太平の世を謳歌して、大名たちも武よりもむしろ文の方に力を注ぐ傾向があったという時代性を考慮に入れても、やはり尋常ではない綱村公の数寄ぶりである。伝えられるところでは綱村公はかなり感情の起伏の激しい性格で、家臣への賞罰も苛烈なものがあったらしいので、茶ノ湯に関しても多少偏執的な部分が考えられる。

さて会記中に糸屋良斎の名が現われるのは元禄六年十一月二十一日晩の茶会が

最初である。

十　十一月二十一日之晩　法橋了益、福井泉庵　吉田宝雲、糸や良斎

一床　清拙墨跡

一釜　芦屋　あられくり口紋松梅

一槻小棚アル台子（真溜塗）

地板ニ　炭斗フクへ　脇ニ三羽ツル

小棚ニ　香合　地紅珪璋牡丹

後　日暮候短檠置

一床　花筒二重　三斎　花椿ス色下ノ方ニ椿花落ウ候間花入取入させ候

一台子

水指染付友蓋エフコ

上ニ茶入　禾目手去申ノ夏買

茶三入後むかし

茶碗　熊川舟橋上ル

茶杓　道安 松浦殿より

一水こほし　面桶　蓋置　青竹

小座敷ノカサリ膳部略之

この時良斎が招かれた席は、公としては特に気の張る相手でもなく、格の高い茶会というわけでもないはずである。けれど内容はかなり洗練されていて、綱村公の催していた茶会（茶ノ湯）が政宗公以来の名品に加えて、献上品や自ら収集した茶道具によって、大大名として恥ずかしくないものだったことが読みとれる。

またこの茶会記には綱村公に良斎が献上した茶道具の記事も目にすることができる。

・元禄十一年五月二十八日晩　茶碗堅手

・元禄十二年一月十一日晩　香合染付瓢箪

・元禄十二年九月一日晩　茶入鏡

いずれも「良斎上ル」と書かれている。献上品の数としては舟橋長左衛門や糸屋与兵衛の方が多いのであるが、他の商人たちと比べて良斎は茶会出席の数が群をぬいて多い。綱村公のお気に入りのお伽衆の一人であったということなのだろうか。宝永二年に最後の名が見えるまで実に百五十回以上の出席の記録が見える。時には一日に三度招かれたこともあり（元禄十四年九月二十五日、同十月四日）その当時はおそらく京都から下向して江戸の藩邸や仙台の城下に顔を出せば、すぐさま連日連夜の茶会ぜめに逢っていたものと思われる。茶会でお相伴しながらも、神経の使い方は並々ではなかったはずで、「お暇願い」が聞き届けられて帰京という折には、さぞかしホッとして道中疲れがドッと出てなどと、おかしいやら気の毒やら、その様子が目に浮かぶようである。元禄十六年八月に綱村公が致仕して後も、ずいぶん呼びつけられて茶事のお相手をさせられたらしい。正式に招かれたのではなく、茶事の途中に突然公が思いついて使いを呼びにやり、「庭から参上」したという記事もある。これを几帳面に会記にいちいち記入した人物（多分藩の茶道頭と思われる）の苦虫をかみつぶしたような顔と、気まぐれで思い立つと事が成るまで周囲を急《せ》かすお殿様。「ハイハイ、お呼びでございますか。」とおうように現われてなだめる糸屋良斎の大人《たいじん》ぶりと、三者三様の役者の一幕ものをながめるようでまことに面白い。時には良斎が手前座で、主客逆の場もあったようで、気むずかしいので定評のある殿様に、ここまで気に入られるからには、糸屋良斎、なかなかにしたたかな男であったにちがいない。けれど同時に、隠居後の老人(?)にも以前と変わらずまめに尽くす「誠の人」でもあったわけで、けっこう飄々とした風貌の、私たちには拷問のような時間でも軽々とこなした、真の大茶人であったのかも知れない。

ところで、綱村公茶会記を読みながら、道具組の中には「唐津」がわりに頻繁に使われていることに気がついた。代々に伝わる品の他に、公の代になってからも唐津の献上品や唐津を買い求めたことも多く、茶碗では百回以上、茶入が十五回、その他水指や香炉にも使われている。とりわけ茶碗「古唐津火替環瑶」と「絵唐津茶碗」は愛用されたようである。道具組み全体を通じてみると、楽、萩、美濃系のものは少なく、特に茶碗はほとんどが高麗か唐物なのに、その中で唐津の占める位置は特異なものと言うことができよう。

そして注目したいのは、茶会記元禄十五年六月六日の分である。五月二十三日に江戸を立った綱村公は十四日間かけてこの日に仙台へ到着した。（途中古河《こが》まで糸屋良斎はお伴し、そこから暇をちょうだいして帰京した記録がある）その当日に行なわれた茶会なのである。帰城早々に茶会を催すというのはずいぶん異例なことであろうが、その時使われたのは「絵から津小振」の茶碗であった。国へ帰り着いてやれやれという時に、茶室にこもり唐津の絵（どういう図柄であったのか、唐津らしく素朴でおおどかな鉄絵と思われるが）のしかも小ぶりの茶碗を手に抱いている。そんな公の後ろ姿を想像すると、どこかもの哀しい影が漂う。

万治三年（一六六〇）に二歳という物心もつかぬうちから、異常な事態（父君三代藩主綱宗公の逼塞）の中で、いやおうなく藩主の座につかされた公にとって、元禄十六年に四十五歳で致仕するまで心の平安というものはなかったのかも知れない。伊達騒動として歌舞伎でも上演されるほど世に名高い寛文事件のお家騒動、幕府から日光造営を命じられてそれにかかる費用の捻出、深刻度を加える藩財政、加えて度重なる飢饉。私生活では正室しか持たなかった公の実子はすべて夭折と、大名として恵まれた環境であったとは言い難い。良き主君として必死につとめようとしながら、神経をすりへらし、逆に家臣からは非難を浴びて、孤独に耐えていた日々も多かったと思われる。致仕後、麻布邸へ移ってからの茶会記には「堪忍」「独尊肩衝」「忍音肩衝」「山姥」「吉夢大茄子」「眩枕肩衝」「枯野」など、心中の屈折を感じさせる道具名が目を引く。

あるいは糸屋良斎と唐津のやきものは、二つながら公にとって心をなごませる、近ごろ流り《はや》の言葉でいえば「癒し《いや》」の役割を果たしていたのではないだろうか。唐津の茶碗たちが綱村公の掌の中から何を語りかけ、何を答えていたのか、ちょっと聞いてみたい気もするのである。

10　唐津の古窯跡を訪ねて

ガザッ、ガザッ、カサカサ、ポキリ。足下で落葉を踏みしだく音がする。何層にも折り重なった枯葉の上、初冬の張りつめた空気が遠くへ響く。道は溜池のふちを迂回して行く。深い緑色をたたえて静まり返っている池は、昔この辺りが炭坑だったころ、その公害の代替として掘られたものだという。かつては混浴の共同風呂もあったそうで、石炭の坑夫たちが入ったその風呂は、三日も入ると鉄分によって手ぬぐいが赤く染まったらしい。その鉄分の多い土、固くて古代の海の化石が出るような土、北波多の稗田《ひえだ》の土と呼ばれる土――それこそがその昔、古唐津

北波多の稗田の土

唐津焼の古窯跡分布図

のやきものを生んだ土である。

「あーッ。」先に窯跡にたどり着いた尾崎さんの声。「まだ新しいぞ。」キョトンとしていると、「イノシシのフンですよ。ゆうべここへ来ていたらしい。」今度はこちらが驚く番である。

桃山時代に焼かれた古唐津茶碗群、奥高麗を取り巻く様々な謎とこれまで取り組んで来たのであるが、それらが生まれた土地、焼かれた窯をどうしても一度見たいと思うようになった。佐賀県に散らばっている古窯跡を、最初は自分一人で訪ねてみるつもりであった。ところが、とてもシロウトの女性一人で行けるような所ではない。まして一人で発掘現場なぞへ行ったりすれば盗掘者とまちがえられると言われてしまった。それならと、地元の専門家の方々に道案内をお願いして実現した今回の旅なのである。

第一日目

唐津市を出て岸岳城跡（本書11ページ参照）のふもとにある北波多の古窯をめざす。富岡行昌先生と尾崎靖郎さんが車を出して下さっての見学である。

最初に「飯洞甕《はんどがめ》下窯」。地元では鮎返りと呼ばれる国有林の中にある。全長十八・四メートル、勾配十六度。四百数十年前の割竹式登窯である。岸岳七窯と呼ばれる古窯跡群の中でただ一基、昔の窯の一部が残っていて、復元もされているので原形に近い姿を見ることができる。舗装された道路の脇に車を停めてすぐ上に登って行けば誰でも簡単に見学できる。立て札の説明も丁寧で分かりやすく、唐津の古窯跡の中でもまるで寺子屋のようなありがたい存在である。

そこからすぐ斜め上に登って行くと「飯洞甕上窯」に出る。やはり割竹式の登窯で、十五・五度の勾配。道路によって寸断されてしまっているので全長は分からないが、およそ下窯と同じぐらいの規模のものであったらしい。

次は「帆柱窯」へ向かう。

帆柱窯は奥高麗茶碗「ねの子餅」が焼かれたのではないかとされている窯である。帆柱という地名は、昔この辺りが海だったからかと思っていたが、地元の郷土史料を読むと、そうではないらしい。北波多村（現在は唐津市となった）教育委員会編の『北波多村の地名考』の中で、山崎猛夫という人の記述があるので少し引用してみる。「『ホ』は秀（ホ）で『突き出たもの』『秀いでたもの』『はなはだしいもの（所）』の意である。（中略）『ハシラ』も建造物などの柱ではなく『ハシ』（走）で『ラ』は接尾語で、『ハシラ』は『急傾斜地』を意味する。岸岳は急傾斜地の多い山で『ホバシラ』とは『急傾斜地のはげしい所』という地名である。」

富岡先生の背中を見ながら歩くが、吐く息が白い。それにしても富岡先生は本当におえらい方だと思う。運転もスムーズだし（八十一歳というこのお年では驚異的なことである）、唐津地方の郷土史家の重鎮として現役で飛び回っておられ

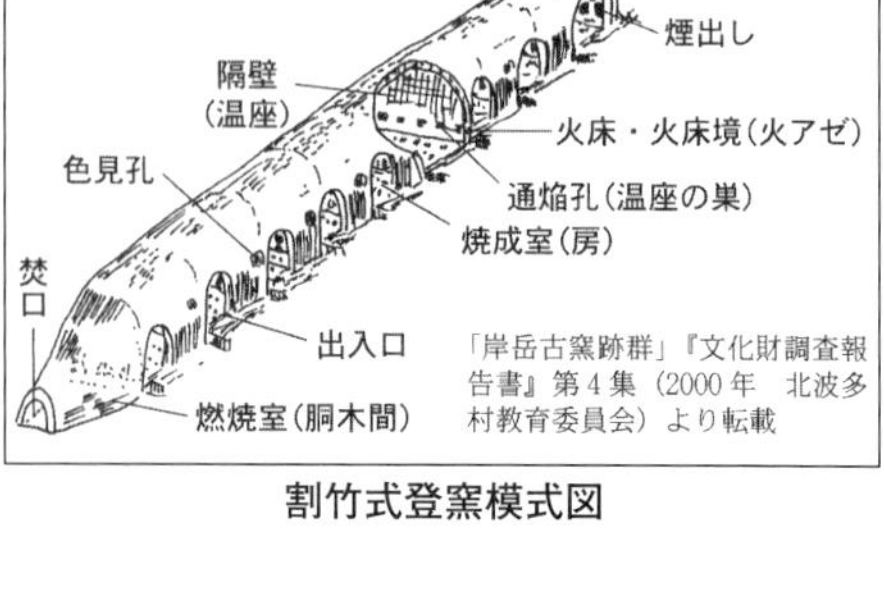

「岸岳古窯跡群」『文化財調査報告書』第4集（2000年　北波多村教育委員会）より転載

割竹式登窯模式図

る。かなり急な斜面の窯跡も上ったり降りたり、けっこう息も切れるというのに、後輩に当たる尾崎さんと一緒に淡々とした風情でこなされる。昔風の品の良い「校長先生」といったイメージにぴったりの方である。

さて、イノシシのフンのお出迎えにギョッとさせられた帆柱窯であったが、ここは盗掘を警戒してかなり厳重に鉄条網が張りめぐらされている。許可がないと立ち入ることができないので富岡先生が尾崎さんを頼んで下さったのである。何回かに渡る発掘調査によって全長が約三十メートル、勾配は二十一度であることが確認された。藁灰釉という白濁色の釉薬がかけられた陶片が出土している。それによって「ねの子餅」がこの窯の製品ではないかと推定されているのであるが、

飯洞甕下窯跡

飯洞甕上窯跡

それを証明するためには「ねの子餅」と出土陶片との比較研究が必要である。しかし「ねの子餅」は以前は展覧

帆柱窯跡（右写真中央あたり、斜面に窯跡がある）

会にも出品されていたこともあったが、近年は北陸大学の収蔵庫の奥深くに眠ってしまっている。千利休が所持していたという事実によって、明らかに年代が特定される貴重な資料であるので、奥高麗茶碗の、また古唐津そのものの歴史的研究のためにも、一日も早く蔵から出て来てくれることを願うものである。

　帆柱窯をあとにして、案内されたのは波多八幡神社である。ここは波多氏の居城であった岸岳城の西の入口に当たる。伝承によれば平安末期から四百五十年間松浦地方を治めた波多氏であったが、十七代波多三河守親《ちかし》の代に、豊臣秀吉によって改易の運命をたどる。天正十五年（一五八七）秀吉は島津征伐のため九州入りし、この時九州の諸豪族たちは先を争って秀吉の前に伺候したが、波多氏は遅れをとって秀吉の機嫌を損じたらしい。その後文禄の役に波多三河守も朝鮮へ出兵したのに、留守中松浦地方は寺沢志摩守に与えられてしまう。やっとの思いで朝鮮の戦地から脱して帰ってみると、既に領地は没収。三河守本人は名護屋港まで来たのに上陸を許されず、そのまま身柄は徳川家康にお預け。のち佐竹義宣に預けられて常陸国筑波山麓へ流罪の身となる。この時城中の茶園の平という場所で、波多家の家臣の多くが家老を中心に一同悲憤の死を遂げたと伝えられている。残った侍たちは帰農しあるいは流浪の身となったが、同時に岸岳城下にあった窯に従事していた陶工たちは四方へ散り散りになった。これを「岸岳くずれ」と呼んでいる。岸岳七窯（八窯とも）はやきものの窯としては比較的城下町に近い場所に位置していた。それだけ波多氏からは大切に庇護されていたことになるのだろうか。城主の献上品として上質なやきものを作っていた陶工たちも、岸岳くずれの後四散して他の地域に移り、これ以降に焼かれたとされる奥高麗たちの生まれた窯跡は、新しく唐津城が築かれ城下町となった現在の唐津市からは遠く、深い山中に築かれている。波多神社の前で手を合わせて拝みながら、波多一族、そして古唐津の陶工たちの怨念がそこに漂っているような気がしたものである。

第一日目の見学を終えて唐津市へもどったが、ここで無知な旅人としては、唐津市に唐津焼の、古唐津や古窯跡などのことが一度に分かるような博物館がないのが不思議である。このところの巷では「唐津ブーム」だというのに。観光客が唐津に来て、そういう大きな公の施設があったら便利だろうにと思う。唐津城の一角や中里家の資料室で展示されてはいるが、本格的に知ろうとすると有田町の佐賀県立九州陶磁文化館まで行かなくてはならない。市役所の観光課などに問い合わせてみたところ、実は唐津市（平成十六年十二月現在）の市域の中にはほとんど古窯跡は存在せず、むしろ他の市町村に分散しているのでなかなか難しい問題が多いとの説明であった。今度（平成十七年）新しく唐津市に編入された古窯もあると聞くので、これからはそうした問題点も少しずつ解決されて行くかも知れない。唐津市の中に「唐津陶磁資料館」は不可欠であると思うのであるが……。

第二日

二日目は唐津から伊万里への道を下る。今日も富岡先生が運転して下さる車に乗っての移動である。昨日ふもとを歩いた岸岳が左手に見えている。伊万里市街まで行く途中、左に折れると藤ノ川内《ふじのかわち》という所に出る。ここに「茅《かや》ノ谷《たに》一号・二号・三号窯」があって「三宝」という奥高麗茶碗が生まれたところとされている（他に飯洞甕か市ノ瀬高麗神窯《かみがま》という説もある）。「三宝」は別名を「是閑唐津」とも呼ばれ、加賀の中尾是閑という医師が所持していたという。奥高麗の中では唯一重要文化財の指定を受けている名碗である。

茅ノ谷窯（右の山の斜面に窯跡がある）

うのでこの名がある。現在は大阪の和泉市久保惣記念美術館に入っている。

茅ノ谷というのは多分この辺りに一面茅が生い繁っていたのでしょうと、伊万里市教育委員会の盛峰雄さんの話。今日は盛さんが案内役を引き受けて下さったのである。窯跡は現在民家の後ろ側になっていて、見学する時は家の人に一言ことわりを入れてから登って行く。看板に「佐賀県史跡茅ノ谷一号窯跡」とあり、詳しい説明が書かれているが、「ここです」と目の前にある地面を教えられても、帆柱窯や飯洞甕窯を見て来た眼にはどうも今一つ実感が湧かない。フツーの民家の裏の畑といった感じである。こうした「交通便利」な場所にあるので「盗掘（？）」にはもって来いの窯だったようで、簡単にやって来て、さっさと拾って行ってしまわれたらしい。土地の所有者によってみかんの木が植えられて、盗掘はしにくくなったものの、それによって遺跡としては破壊された部分もあったとのこと。昭和五十八年の発掘調査によって勾配は二十〜二十二度、全長は約五十二メートルであることが分かったが、残念ながらここの物原《ものはら》からは奥高麗の破片は見つかっていない。

一旦国道までもどり、伊万里市へ抜ける少し手前を再び山中へ入って行くと、今度は「市ノ瀬高麗神窯」である。ここは雲州蔵帳所載の「深山路」や元禄の茶人糸屋良斎所持の「糸屋唐津」など奥高麗でも名高い茶碗たちが焼かれたということになっている。ちなみにこの両碗とも今は個人蔵である。

伊万里は「鍋島」に代表されるような磁器の生産地として世界的にも知られて

いるが、実は唐津の古窯跡も多数存在している。これは現在の伊万里の市域の中にかつて唐津藩領であった部分が含まれていることに由る。

伊万里の磁器に対して、陶器であるところの唐津焼は地元では「高麗焼《こうらいやき》」と呼ばれているという。「市ノ瀬高麗神窯」の「高麗神」とはそういうわけで、高麗の国からやって来た人々が焼いた陶器の窯で、その窯神様《かまがみ》（実際には自然石）をまつっている窯というほどの意味らしい。伊万里市の大川内町に位置するこの窯は、出土品によって一五九〇年代の後半から一六〇〇年代にかけて焼かれたことが分かっている。もう一つ、歴史的な史料とは無関係なところでこの窯を有名にしているものに出土品の中の鉄絵皿（鉢）がある。たとえかけらと言えども「絵唐津」ということになると市場の価値はグンと上がる。即ち絵入りならば売れるのである。

両側が低い谷になっていて、尾根状の細い道を少し行くと、手前の左側が「市ノ瀬高麗神上窯跡」、むこうの右手が「同下窯」である。やや道幅を広げられているところに車を停めて、下窯の方へ降りて行った。

うす暗い杉林の中を窯跡の斜面に近づいてみると、何だか盛さんの顔つきが変わっている。「どうしたんですか」と聞くと、盗掘のあとらしい。そしてここにもイノシシの痕跡が。指さされてみるとなるほどはっきり分かる。人間が掘り返して捨てた陶片があちこちに転がって、そのそばにイノシシもまたエサを探して掘り回っている。「クーッ。警察に言ってやろうか。今晩あたり張り込んでいたらまたやって来るかも知れない。」盛さんとしては相当腹立たしいのである。苦労して調査して、しかし個人の所有の土地なので帆柱窯のように鉄条網で囲っておくわけには行かない。昭和六十二年に上窯が、平成三年に下窯が伊万里教育委員会の手によって調査が行なわれたが、まだ全容が解明されるには至っていないらしい。物原の一部と思われる場所からいろいろな出土品が現われたが、ほとんどは大皿や鉢など日常使いのもので、茶陶めいたものは今のところ見つかっていない。これから調査が続けば、この窯出土として伝来されているような奥高麗たちの陶片も発見される可能性はなくもないが、本当に

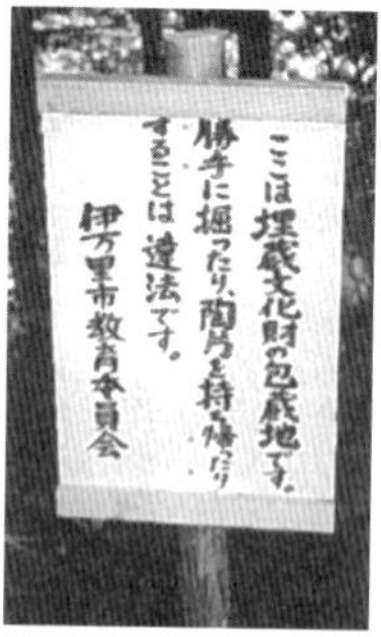

陶片盗掘防止立看板

ここで奥高麗が焼かれたのでしょうかと疑問をはさんでいる状況の下で、こんな盗掘を見ると、やっぱり頭に血が昇るのも無理からぬところである。私としても早く見つかってほしい。わが愛する奥高麗茶碗たちのためにも。これから冬場は盗掘のシーズンだと言うが、卑しい顔をした男たちの手で持ち去られてしまったとしたら……。盛さんの興奮が私にも移って来た。

第三日

一日一日と急速に冬の寒さが加わって来る。今日は伊万里市から武雄市の方へ向かう。川古《かわご》という所に大楠の公園があり、そこが盛さんと今日の案内をして下さる武雄市教育委員会の原田保則さんとの待ち合わせ場所となっている。樹齢三千年といわれるクスの大木を畏敬の念を持って見上げていると、原田さん登場。そこからは原田さんの車に乗り込む。渓流に沿って谷の奥へ入って行くが、4WDでないと入れないような悪路である。

「川古窯」は細川三斎ゆかりの「真蔵院（個人蔵）」が焼かれたところと伝えら

れている。平成四年の調査で下窯が六十メートルを越えるような大きな窯であることが確認された。

車を降りて山道を窯跡まで上って行く間に様々なレクチャーを受ける。その一、この窯の焼成時期は一六一〇年までであること。何故それが分かるかという鍵は「目あと」にあること。茶碗や皿を焼く時、お互いがくっついてしまわないために、おのおのの間に入れる小さな土の塊が、この地方では一五九〇年から一六一〇年までは胎土目であるが、その後は砂目に変わること。ここで見られるのは胎土目であるから、この窯は一六一〇年以前に焼かれたという結論になる。その二、唐津では窯の中に入れて焼く時「はだか」のままが一般的であるのに、この窯ではさやばちなどの外套容器が使われているらしく、製品が灰をかぶっていない。焼き上がりに神経を使っていることになり、それは日用品よりももっと大切なもの、特殊な意味を持つものが焼かれていたと考えられるなど。

急斜面をかなり登ったかなと思われたころ窯跡に到着。とたんに全員が息を飲む。またもや盗掘のあとである。それも相当にひどい。見渡す限り陶片。皿、鉢などのかけら、かけら、かけらである。そしてやはりイノシシの作業のあとも。もうイノシシには驚かなくなっていたが、ここの人間の掘った痕跡はあきればかりである。まだ仕事の途中と見えて、私には分からないが掘るための道具や仕分けするための道具、そして照明まで揃っている。おとといも昨夜も、そして今晩もという具合だろうか。これはたしかに今夜張り込んでいれば逮捕できるにちがいないと思えるほどである。一瞬、呆然としてしまった一行であったが、気を取り直して、ここまで掘り返されたからにはと、陶片を一つずつ調べることになった。私にとっては奥高麗の陶片が見つかるかも知れないチャンスである。しばらく三人で一つ一つかけらを拾って、じっと見て、またもどす動作を繰り返していたが、「奥高麗」はそう簡単には見つかってくれなかった。

かなり「あきらめ」の色が濃い原田さんと盛さんが、ポツポツとため息まじりに話すのによると、個人所有の土地に関しては、県や市町村では盗掘を防ぐのは無理である。山の地主は文化財には無関心だし、盗掘者は学問研究など関係なく「金になれば」というだけで遺跡を掘り、破壊して行く。さらに発掘ということのむずかしさに話が及ぶ。「掘る」という作業自体、どんな方法によっても、同時にそれが残っていたものを壊すことでもあり、たとえ研究のためと言えども、本当はそのままそっと保存しておくのが最良の方法である。しかしこんなふうに盗掘者にめちゃめちゃにされるくらいなら、キチンと発掘して学問研究に役立てた方が良いのではないか。とは言え、今現在の最高の発掘技術をもって臨んでも、後世になってからはるかに進んだ技術、方法が発見されて（例えば「破壊しなくても」中の状態が分かるような）、それ以前に掘ってしまったことが取り返しがつかないなどという事態を恐れる。あれやこれやで今現時点で掘ることが一体良

急斜面にある川古窯跡

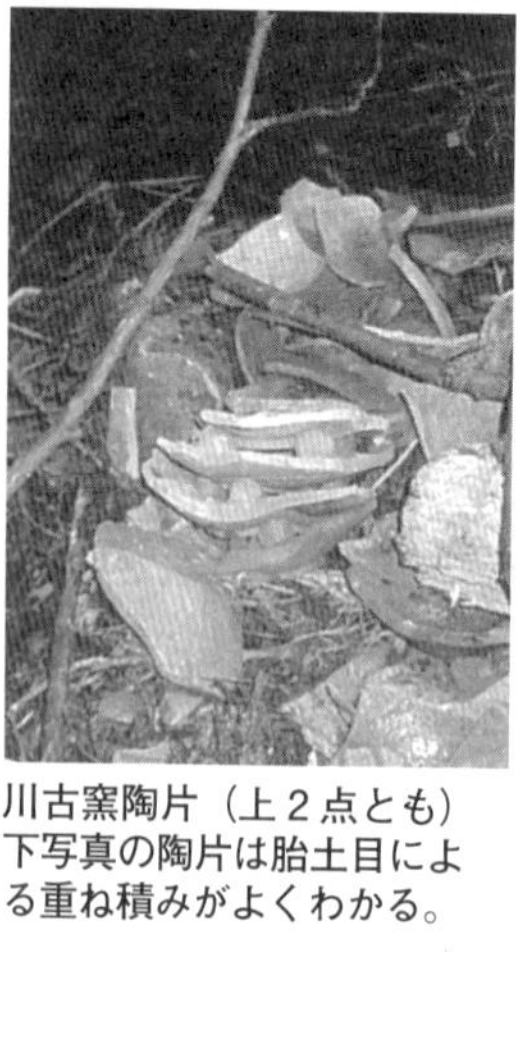

川古窯陶片（上２点とも）
下写真の陶片は胎土目による重ね積みがよくわかる。

いことなのかどうか分からなくなることがある等々。切々とジレンマに落ち入る心境を、この盗掘現場に立って訴えるお二人の顔をながめていると、この方たちは本当に「良心的な学者」なのだなあと打たれてしまう。

最後にこの付近一帯、一山全部を有志で買う資金を出し合って管理保存し、研究調査を行なう、そんなことができたらいいなあという話でしめくくって、窯跡を後にした。

振り返ってみると、山の斜面はバラバラに破壊され尽くして、杉の木立の下に茶色の陶片が散乱している。ガッガッと掘る音がどこからか聞こえてきそうである。灯りで照らしながら、盗ッ人が掘る、掘る。そして闇の中から、それをじっと見つめている不気味な光る眼。イノシシの二つの眼。冴えた月光の下で繰り広げられるそんな光景が、一枚の絵となって浮かんで来た。

第2章　細雪

立山（富山県）山麓の雪

縁ということ　寒紅　創刊号　平成元年十一月
冬の夜、情話二題　寒紅　2 号　平成二年四月
唐津の雨　寒紅　3 号　平成二年十一月
吉村先生　寒紅　4 号　平成三年八月
飛騨りんご　寒紅　5 号　平成三年十二月
六条御息所　寒紅　6 号　平成四年九月
雨讃歌　寒紅　7 号　平成五年八月
鵺　寒紅　8 号　平成六年十一月
品のある話・ない話　寒紅　9 号　平成九年三月
春の心はのどけからまし　寒紅　10 号　平成十一年十一月
和菓子の苦労譚　パートⅠ　寒紅　11 号　平成十二年十一月
パートⅡ　寒紅　12 号　平成十四年一月
パートⅢ　寒紅20号 記念誌　平成二十二年二月
「寒紅」各号所載
栗　水上勉創設・若洲一滴文庫の会誌　平成三年十一月
日本の美とこころ　曹洞宗岐阜県青年会誌　平成元年四月
女城主の里の薪能　曹洞宗岐阜県青年会誌　平成二年四月

「寒紅」は筒井紅舟編、紅の会刊　平成元年十一月から平成二十二年二月まで刊行された短歌誌

1　縁ということ

このごろ縁ということについて考えることが多い。今年に入ってからでも、新たに知り合いになった人。また逆に、もはや二度と会うことがかなわなくなった人。あの人、この人の顔を思い浮かべてみる。もちろん、自分の意志でその「きずな」を断つ場合もあるが、多くは意志とは無関係なところで、決定づけられている。

今年のお正月すぎに、ある人と思いがけない再会をした。中学時代のクラスメートで、四半世紀近くもの間、消息は不明で、会うことはおろか、元気でいるのか、どこに住まいしているのかさえも分からなかった人であった。マスコミが過去に埋もれた人間関係を発掘して、それを「感激のご対面」などと称して、テレビで放映しているのは、私も見聞しているが、そうでもない限り、二十年を越える空白の時間をつなぎ止めることは、普通の人間にはまず無理というものであろう。それが現実に起こったのである。たった数日滞在した東南アジアのある都市で。しかも、昭和天皇が崩御され、年号が平成になったその日のことである。現地のテレビも新聞も大きく取り上げ、「昭和」という時代の終わりを報じていた。そして私たちは、「平成」という新元号に耳慣れぬ想いを抱きながら、軽い興奮を覚えていた。そんな時の再会であった。この時から、私は今まであまり深く考えなかった「縁」ということを信じるようになっている。

「縁」という字を辞書で引いてみると、五つに分類されていた。

① 衣服のへり
② えんがわ
③ たよりにする、手がかりにする、関係がある。
④ 婚姻、または肉親の関係、つづき合い、男女の結ばれ方。
⑤ 仏教用語で原因を助けて結果を生じさせる作用、まわり合わせ。

この中で③、④ぐらいが今まで私の頭の中にあったものと一致する。⑤にはおどろいた。こうした深さを持つ言葉であったのかと今さらながら感心させられた。

こんなことを考えている所へ、娘がやって来て、「塞翁が馬」という故事を知っているかと鼻をヒクつかせて言う。知っていると答えたついでに「禍福はあざなえる縄のごとし――」とも言って教えると、「それも知ってるよ」と反抗期の娘は負けん気で一杯である。そう言えば、この娘とも不思議な縁でつながっているのだと思う。

「袖振り合うも多生の縁」というような縁も縁とすれば、人は誰でも日々に何百、何千という人と縁を結んでいる。人ばかりではない。物や出来事との縁もある。今、私がこんなふうに書いているのも、また縁である。刊行されれば、この小冊子をめぐって、新たに様々な縁が結ばれることであろう。そうした縁の一つ一つを大切にしながら「寒紅」の永く刊行されることを希って、今回この欄に書かせていただきました。

2　冬の夜、情話二題

お正月も過ぎ、これから一年中で最も寒い季節です。今日は皆様に、暖房の熱さとは一味変わった暖かさをお届けしてみたいと思います。二つのお話、まあお聞きください。

その一

冬の夜、外は凍てつくような寒さ。風が鳴り、窓が音を立てている。室内の暖かさにくつろぎながら、月の冴えた晩など、ふと想い起こされる情景がある。

「ぬくうて、ぬくうて、なあ……。」

どこか哀調を帯びた声が脳裏によみがえる。字面《じづら》では表現できない独特のアクセントを、今ここに再現できないのが残念であるが、あれはもう、十数年も前のことなのである。

当時、夫と私は新婚間もないころで、飛弾の高山での六年に及ぶ赴任生活のうち、最初の冬をむかえていた。高山というと、観光客にとっては、小京都のイメージの強い美しい街であろうが、実は冬になると、北海道の札幌と比較される程の寒冷地なのである。

高山の国分寺通りから、一本裏へぬけた筋の角に、目立たない手打ちそばの店があった。のれんをくぐって店の中へ入ると、少々遅目の時間のためか、私たちの他には、二、三組の客の姿が見えるのみ。奥の方には、和風のテーブルの代わりに、やぐらこたつが厚ぼったいふとんと共に何組か仕組んである。さすがに寒冷地は違うと感心しながら、こたつに入って待っていると、ついたて越しに、隣の人の会話が聞こえて来た。

「ぬくうて、ぬくうて、なああ……。」

高山弁独特の尻上がりのアクセントが耳を打つ。「ぬくうて」の所にいかにも実感が込められていて、中年女性の声の温《ぬく》もりと共に、外の寒さから逃れて来たばかりの私たちの心の中に、じんわりと広がるリズムを持っている。そして「なああ……。」とたゆたいを見せてから最後に、共感を求めるように、語尾が高く消えて行くのである。標準語にはない「土のにおい」とやわらかな情感の漂って来る不思議な響きである。

で、つい、引き込まれて耳を傾けてしまったわけであるが、長い長い隣の話は、私たちの注文した飛弾そばが熱い湯気と共に運ばれて来て、それを平らげてしまってもまだ終わらなかった。何度も同じことを繰り返し、夜の長さを少しでも縮めるかの如く、延々と続いていた。

声の主は、高山近在の農家の主婦である。ご亭主は、冬の間、出稼ぎに遠くの街へ働きに行くらしい。凍える長い夜を、冷え症の女房は、一人眠れぬままに時を過ごさねばならない。ふとんの中で、いくらさすっても、氷のような手足は痛いようにさえ思われて、「どうにも寝れんのやさ。」と、女房はこぼす。けれどごくたまに、ご亭主が帰れる日もある。どんなに寒い夜でも、「おとうちゃん」の体はめっぽう温かい。自分の冷たい足をピタリとつけても、寒さ知らずの体温の温かさが、ぐんぐんこちらへ伝わって来る。ご亭主の温もりにスッポリ包まれた女房は、その晩だけは朝までの安眠をむさぼることができるのだそうである。

「ぬくうて、ぬくうて、なあぁ……。」

おそらく、これから彼女は雪道を、月に送られながらとぼとぼと一人、帰って行くのであろうが、今夜も待っているのは、またもや凍えたふとんのつらさにちがいない。

「ぬくうて、ぬくうて、なあぁ……。」

の中には、その恨みも込められていようというものである。

帰り際に、チラリとのぞいてみると、想像した通りの風体の、いかにも人の好さそうな農家のおかみさんである。赤ら顔、つやのない白髪まじりの頭に毛糸の帽子をかぶり、綿入れを着込んでいる。高山の町へ買い出しに来たついでに、知り合いのそば屋で長話に及んだものであろう。

表の通りへ出ると、夫と私は、どちらからともなく、顔を見合わせて、微笑んだ。都会の若者たちとはちがって、およそ恋だの、愛だのという言葉とは縁のなさそうな、田舎のおかみさんなのであった。しかし、彼女の高山弁のリズムの中には、まぎれもなく、留守の夫を慕って止まぬ詩《うた》があった。どんな洗練された美しい表現にも増して、この時の私たちの心に直截的に訴える力を持っていた。以来、私は最も寒い時期になると、彼女の切ない「恋歌《こいうた》」を、高山のそば屋のこたつの量感と共に思い出す。

「ぬくうて、ぬくうて、なあぁ……。」

その二

ある所におじいさんとおばあさんが住んでいました。二人には子供がありませんでした。年を取って、おじいさんが重い病気になり、入院することになりました。おばあさんは、おじいさんについて行き、そのまま病院で暮らすことにしました。お昼の間は、かいがいしく（?）おじいさんの面倒を見ますが、することがなくなると、ベッドの足元の方にあるいすの上に、ちょこんと座っています。何時間でも、じっと座っています。

夜になると、おばあさんは、おじいさんの寝ているベッドの横へもぐり込みます。翌朝看護婦さんが、検温のために、各病室をまわって来ると、おじいさんのベッドの上には、おじいさんとおばあさんの二つの顔が、仲良く並んで眠っていました。

このお話は、すぐに病院中の人たちの知るところとなりました。でも誰一人、いけないことだと止める人はいませんでした。同室の人も、付添いの人たちも、看護婦さんたちも、お医者さんも。皆が見て見ぬふりをしていました。この話が話題に上るたびに、皆が一瞬、ほほえましい気分になってしまって、どうしても、注意することができなかったのだそうです。

周囲の人たちの、あたたかい黙認に守られて、

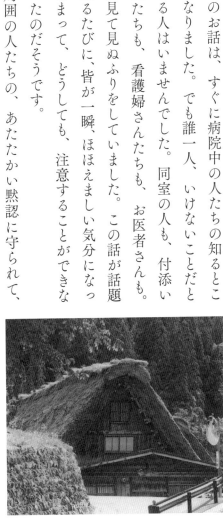

病院の、あの小さいベッドの上には、小さくしなびたおじいさんの顔と、もっともっと小さいおばあさんの顔が、毎晩、並んでいたのでした。それは、おじいさんが亡くなる前の晩まで続きました。

いかがでしょうか。皆様、少しばかり、温かくなっていただけたでしょうか。

3　唐津の雨

筑肥線の車窓から眺めた時、松浦湾の上空は、重い黒雲におおわれていて、今にも泣きそうであった。松浦湾を越えるころから、ポツリポツリと落ち始め、西唐津駅に降り立ってみると、小雨になっていた。唐津焼の窯元の一軒を訪ねるのに、天気さえよければ歩くつもりでいたが、タクシーで着いた窯も工房も、雨に濡れそぼっている。石垣に残り少なく咲いた萩の花が私たちを迎えてくれた。

ご主人はやさしい目をした方であった。ご自分の作品を、いとおしそうに指の腹でなでさすりながら、とつとつとした口調で話して下さる。あたかも、家族一人一人を前にした慈父の如くである。できの良い子は満足そうに。できの悪いのも、やれやれといったふうに。やきものの中にひねり込んだ、自らの心入れの深さを、うかがい知ることができる。時々手が止まると、突然目の光が鋭くなって、その時ばかりは、いかにも「現代陶芸家」の顔となった。

いつまでもながめていたい誘惑にかられながらも、工房を辞去するころ、外は本格的な降りになっていた。

唐津市は、唐津湾の中で最も奥まった所に位置している港町である。紀元前から、軍港、良港として栄えていた。「唐津」という名も、もともと「唐の国へ渡るための津」という意味だったそうである。初秋とはいえ、玄海灘を吹き抜けて来る風は、思いの外に強い。レインコートをはおっても、なお、風にあおられたすそからは、肌寒さがつのって来る。そんな中を唐津城へ登る。

東唐津と市の中心部とは、松浦川によって切り離された形となっている。唐津湾にそそぐ松浦川は、川口の部分でL字形に大きく湾曲していて、左の突端に唐津城がそびえている。一見した所、唐津湾に突出したような形になっているのも、慶長年間に河口の島であった所に築城されたと聞けばうなずける。

晴天の日には、かなりの眺望がきくそうであるが、私たちが天守の最上層に達した時は、まるで、台風かとも思われるような強い雨と風。とても遠くは望めない。天守閣から見下ろすと、唐津湾と松浦川が左右両袖に大きく拡がっている。僅かに、舞鶴橋だけで陸とつながっているが、城全体が水の上に浮かんでいるように見える。町は雨に煙《けぶ》り消され、天空と海とが境目なく、混然一体となっている。巨大な灰色の霧が、あたりをすっかり包囲してしまい、次第に小さな軍船に乗って、嵐の中を敵陣めがけて進んでいるような錯覚にとらわれて来る。味方の援軍は一兵もない。悲愴な覚悟の行軍には、横なぐりの雨と風は強敵である。

こんな光景も、唐津では決してめずらしくないそうで、元来が風雨の強い土地柄であるらしい。ふと、遠い昔、古唐津を焼成した陶工たちが住まっていたころも、同じように強い雨と風が、この街を吹き荒れていたのだろうかと思う。城の三階部分には、現代の唐津焼の陶芸作家たちの作品が並べられているが、別に、古唐津のコーナーもあって、唐津焼の系譜を知ることができる。

豊臣秀吉が朝鮮へ出兵した「文禄・慶長の役」は、別名を「やきもの戦争」とも呼ばれている。出征した武将たちが、帰国する時、多くの陶磁器と共に、朝鮮の陶工をも自領へ伴って来たからである。工人たちは、西日本の各地に新しい窯を築き、故国のやきものの技術を伝えて、作品を多く生み出していった。萩焼、有田焼、高取焼、上野焼、薩摩焼などの起源であり、唐津焼も大いに隆盛を見たのであるが、古唐津は、それよりもやや遡ることができると考えられている。中世の時代に、和寇として、朝鮮半島の沿岸地域を侵略した松浦党《まつらとう》は、この地方の武士団であった。彼らが大陸から連れ帰った陶工たちが、窯を開いたのが起こりとも言われているのである。

古唐津の中でも、声価の高いものに「奥高麗《おくごうらい》」と呼ばれる種類の茶碗がある。純然たる唐津で焼成されたものだというのに、名前のために、かつて朝鮮産と誤伝されていたという歴史を持つ。何故そうした名を持つに至ったかについては、未だに明らかではなく、「奥」という正確な意味あいも分かっていない。しかし、そう呼んで珍重された茶碗も、また焼成した陶工にとっても、随分複雑な思いがしたことだろう。彼ら工人たちにしてみれば、その身に持ち得た卓越した技能の故に、拉致されて来て、歩まねばならなかった苦難の道だったからである。

故国を流離した人間の、故郷《ふるさと》へ寄せる痛切な想いは、経験した者でないと分からないにちがいない。しかし、帰る術《すべ》を持たない彼らが、そのやる方ない望郷の念を、土をこね、ろくろをひき、絵付をし、焼成することの中に、全て塗り籠めていったと、想像することは可能である。古唐津の、やわらかい素朴な肌から漂って来る、抒情のかおりの中に、同時に淋しさの色をも感じてしまうのは、私だけだろうか。城の中にはまた、領布《ひれ》を振っている女性の彩色木像があって、訪れる人の目を引いている。万葉時代から、山上憶良の歌でも有名な松浦佐用姫《まつらさよひめ》である。

唐津市のはずれに、天の橋立、松島と並んで、日本三大松原の一つに数えられる広大な「虹の松原」がある。背後に「鏡山」という小高い山があるが、これが別名で「領布振山《ひれふりやま》」とも呼ばれる伝説の舞台である。古代、松浦佐用姫は、恋人の大伴狭手彦《おおとものさてひこ》が、新羅へ出陣する時、鏡山から領布を振って見送ったという。しかし恋人は彼地で戦死し、悲しみの余り、姫は石と化したと伝えられている。今も加部島へ行くと、「望夫石」というのが見えるそうである。城の木像は、鏡山の頂上から、遠く去って行く軍船の恋人に、別れを惜しんでいる姫の図なのである。

けれど私の頭の中には、鏡山から遙か遠くをながめて佇む、もう一群の人々の姿があった。彼らには美しい領布もなく、大きな声で叫ぶこともできない。生涯を、言葉も満足に分からぬ土地で、黙々と働き、骨をうずめていったのみである。しかし、故国の妻子に届けとばかり、霞の彼方に向かって、激しく袖を振りたい無念さは、名も知れぬ陶工たちにこそ強かったのではないだろうか。

そんなことを考えていると、雨と風はいよいよ激しく、ヒューヒューという音さえ、数百年昔の異国人たちの嘆きに似ていた。

4　吉村先生

春まだ浅い日の早朝。

一枚の張り紙が、吉村眼科のシャッターの前で人目を引いた。道行く人の何人かが、おや、といった感じで一瞬足を止める。医院は、地下鉄の駅の階段を上り切ったすぐの所に位置しているので、朝夕のラッシュ時には、かなりの数の通行人が前を過ぎる。中にはわざわざシャッターの正面まで行き、張り紙の内容を詳細にながめる人もいた。しかし、ほとんどの人が一瞥《べっ》をくれただけで、足早に地下鉄の入口へ吸い込まれて行く。

ひとしきり通勤の人々のあわただしさが過ぎて、やや道にも静けさがもどってきたころ近所の人たちが四、五人、張り紙の前でヒソヒソ話を始めた。

レポート用紙大の白い紙には、黒のマジックインクで、吉村先生の突然の入院と、しばらく休診する旨がしたためてあった。通院中の人々へ、お知らせと断り書きという態のもので、医者である先生自身の病気については記されていない。あれやこれやと、顔見知りの人たちの推測はあとをたたない。そのうち「救急車」という話が飛び出して、道路に倒れていたのを運んだとの説に及ぶと、皆が一斉におどろきの声をあげた。思った以上に病状は深刻なようである。

先生は、かなり前から学区の小学校の校医を引き受けておられた。医はサービス業なりとして、誰にも笑顔で接することをよしとされる若い医師とはちがって、昔ながらのいかにも謹厳な「医者」らしい方。どうかするといかめしささえ覚える学者肌の方であった。わが家の子供たちも何度か医院の方へ通ったことがあり、付き添いとして、私も診察室における先生の姿に接する機会があった。愛想をふりまくわけでもない。淡々と診察し、必要以上に口をきかないといった先生のあり方には、甘ったれることに慣れた子供たちにとっては、「おっかない」感じが先に立っていたようであった。けれど、それを補って余りあるのが、薬局からのぞく奥様の笑顔であった。一人一人にとてもていねいに、薬の飲み方、点眼の方法などを説明して下さる。最後に、こちらが面映《おもは》ゆくなるほどのやさしい声で、「お大事になさって下さいませね。」そして深々とされるお辞儀、こちらがかんだんに下げた頭を、すぐ上げた時には、奥様の頭はまだそのままである。あわててもう一度、視線を落とす。奥様の心のこもった患者への対応ぶりは、半分白くなられたお髪《ぐし》と共に、私の記憶の中に鮮明に残っていた。さぞかしあの奥様もご心痛だろうと、これは私の張り紙を見た時の最初の思いである。

先生の容態がはかばかしくないことは、一向に張り紙がはずされないことでも知れた。下ろされたままのシャッターの前には、いつしか地下鉄の入口から放置された自転車がのさばり始め、次第にその数は増えて行った。

最初の張り紙が、街の風景になじみかけたころ。新しい文面が張り出された。今度は紙も二倍程大きく、字数も多くなっていた。

療養中であった吉村先生が、亡くなられたこと。「生前の皆様のご厚情を感謝します。」と記された末尾に、一句が添えられていた。

さくら散る夕べに似たるこころかな

おそらく、先生の辞世の句だろうと思った。いかなる病状であったのかは、知る由もないが、どこの病院のベッドの上であったのか静かに詠まれて一人で逝ってしまわれた先生。生前の謹厳な風貌と相まって、私にはとても潔く思われた。また古き良き時代の医家が一人、亡くなられた。そんな感慨を持った。

それから、一年程経って、私は偶然に奥様にお会いしたのである。デパートで開催中の日本伝統工芸展であった。休日のことであり陶芸部門の方は、かなりの人だかりであったが、染織部門はすこし閑散としていた。相当興味のある人でないと足を運ばないらしい。おかげでゆっくり見ることができたのであるが、その時目を引いた和服姿の婦人があった。薄茶の紬の着物に、濃い茶色に金泥のかかった名古屋帯。帯の間にわずかにピンクの色がほの見える。それが奥様であった。医院での印象とはまるでちがう。あざやかな「変身」ぶりである。染織について、かなり深い造詣がおありのようで、吉村先生亡きあと、お一人でのお暮らしが偲ばれた。

会場での立ち話の中から、私は張り紙のあの句が先生のお作ではなく、奥様のものであることを知った。病人ご自身と看病しておられた夫人の句では、こちらの受け取り方もちがうものである。考えてみれば、重症のベッドの中の先生では書くことも不可能な道理であった。

お会いして間もなく、奥様から一通の手紙をいただいた。先生の発病から亡くなられるまでの経過と、張り紙についてが詳しく記されていたが、中でもとりわけ私の心を打った箇所があった。お許しいただいて、書き写してみたいと思う。

昨年の年末は私のところにも十指にあまる死亡の通知をいただきました。けれども私は主人が生前お年賀はがきを楽しみにいたしておりましたので、今一度吉村善郎名のお年賀のはがきをいただきたくて、年末の死亡通知を出しませんでした。そうしたら善郎宛のお年賀はがきをいただきました。うれしくて、それを仏前にお供えして、これをもって死亡通知と寒中見舞とを皆様方に出して最后のお訣れにしましょうと申しました。以上のことを書きそれに加へて私の心境として

竜の玉掌をこぼれ落つひかりかな

（原文のまま）

としるしてお別れの手紙を出しました。

また年賀状の季節が近い。虚礼とそしる人もいよう。けれど私は、やはり年賀状には格別の思いをこめてながめていたい。一枚一枚の中に、年ごとのその人の生と死のドラマを見るような気がして。

5　飛騨りんご

ある雨の日、タクシーの中でりんごに「会った。」ドアが開いたとたん、運転手と助手席の間においてあるのが目に入ったのである。

「あら、りんご。」思わず大きな声を出してしまった。けれど運転手さんは、こちらを見ようともしない。ひどくとっつきの悪い人である。私は目の前のりんごの赤さが気になって仕方がない。しばらく走ったところで、とうとうがまんできなくなって聞いてみた。

「どうして、ここにりんごがあるの。」

「芳香剤の代わり。」

運転手氏はあくまで素ッ気ない。一瞬ひるんだが、そこは「ミーハー人間」の面目にかけても、聞きたいことを聞かずにおくものか。では、と話法を変えてみる。

「おいしそうなりんごねー。こんな立派なりんごをおくなんて、おねだんもずいぶん大変でしょうね。」

運転手氏、ちょっと機嫌を直したらしく、やっと普通の声で話してくれた。

「酔っぱらいがすぐさわってダメにするからね。こっちがやめろと言う前に、もう手にとって傷だらけにしやがる。さっきもさんざんやられたとこさ。」

ははあ、それで機嫌が悪かったのか。

一たんほぐれた口からは、いろいろなことが飛び出した。芳香剤の香りのきつさにがまんならないこと。果物がいいと思いついて、パイナップルだの、みかんだの試してみたが、りんごが一番であること。傷ついてしまったりんごはかわいそうだから、食べてしまって、新しいのに取り換える、などなど。

「ふーん、運転手さんって、きっとやさしい人なのね。」

「そうでもないけど。」

苦笑しながら、まんざらでもなさそうな様子である。「やさしい」運転手さんに大事にされて、りんごは車の中で大きな存在感を占めてすわっている。それをながめているうちに、私は飛騨りんごのことを思い出していた。

昭和五十四年の秋。我が家に初めて「飛騨りんご」が送られて来た。箱から取り出した果物の実は、秋の陽ざしの中で、みずみずしい重量感に満ちていた。ワックスのぬるぬるしたつやではない。生きて呼吸している表皮の下には、高山の清澄な空気が凝縮されているように感じられた。ナイフを入れて割ってみると、パアーッと香りがはじけて飛んで来る。しんの所がゼリーのようなこはく色に変わっていて、「ミツ」の入っている上級品だと教えられた。なつかしい好物が送られて来たので、私たちは大喜びであった。

差出人は高山のHさんとなっていた。夫が飛騨高山の病院に赴任していた時代に、脳梗塞で入院していた患者さんであった。Hさんが退院して間もなく、夫は現在の病院へ移って来たのである。去ってしまった医師に、忘れずに高山の名産を送ってくれた人の心がうれしかった。

りんごはそれから毎年、決まって送られて来た。

四度目の箱が到着した時、私はさすがにHさんが気の毒になった。しかも毎回、ていねいな手紙が別便で送られて来るのである。「お見舞」という形にして、こちらからも当地の品を送ることにした。

あくる年の春、高山へ出掛けた折、私はHさんに電話をかけることを思いついた。夫は笑っていたが、折良く在宅だったHさんにぜひ家へ寄ってくれるようにと言われて、医者が元患者を訪ねるのも変な話であるがと思いつつ、ともかく行くことにした。

Hさんの家は城山の下にあった。突然の来客に、そこら辺りを急いで片づけたらしい居間に、通された。

先生、私は七十一歳になりました。と話すHさんは、見るからに律気な気性が体にあふれている。医者として当然のことをしたまでで、そんなに礼を言ってもらうことではないと、こちらは面映ゆさで一杯である。一時は半身不随になってもおかしくなかったHさんが、現在の状態にまで治ったのは、ひとえに自身のリハビリの努力であった。夫はいつも言う。病気を治すのは医者ではない。本人の治そうとする意志である。リハビリのつらさは想像以上のものと聞くが、この点、Hさんは模範的な患者であったということなのだろう。

傍らの奥さんは、入院中はわがままをしまして、と言いながら遠慮がちにお茶を出してくれる。Hさんが家長らしい威厳をもって奥さんに対する態度を見ていたら、さぞかし病院ではこの奥さんを困らせていたのだろうと想像されて、私はおかしかった。

帰り際、車のところまで送ってくれたHさんに、どうぞお大事にと型通りのことしか言えない私たちであったが、Hさんは、体を四十五度に曲げて、お手本のようなお辞儀を見せてくれた。

車が動き出した。Hさんは再び四十五度のお辞儀である。もうこれでHさんと会う事もないだろうと名残りに振り向いた時、目を見張った。Hさんはまだ同じ場所に立っていたが、両手はしっかりと頭上高くで合わされていた。車の方へ向けて、合掌の姿であった。

私はその時、何かさけんだと思う。夫は静かに知っていたよと言った。バックミラーで見ていたらしい。そして、高山っていうのはそういう人のいる所なんだよと、ポツリとつぶやいた。

その年、秋になって同じようにりんごの箱が到着した。私は一つ一つの実に、Hさんの合掌の姿を重ね合わせて、胸が熱くなって来るのを覚えた。

今度は何を送ろうかと考えていた矢先に、Hさんの再入院を知った。私は即座にスリッパを送ろうと決めた。病院でのリハビリの時暖かいスリッパをはいて欲しいとの願いを込めて。

次の年、秋が過ぎてもりんごは来なかった。年を越えてお正月に、年賀状の中にHさんの名前が見当らないのを発見した時、私たちはだまってうなずき合った。

6　六条御息所

今、また『源氏物語』がブームだそうである。

私もこのところ続けざまに、能楽堂で「野宮」と「葵上」を観る機会を持った。

どちらも『源氏物語』の六条御息所に題材をとっているが、「野宮」があくまで「貴女《きじょ》」の気品高い姿をくずさないのに対すれば、「葵上」は「鬼女《キジョ》」としての御息所を前面に出している。

二つの能のうち、どちらがより紫式部描くところの六条御息所像に近いのだろうか。今度それを確かめるために、久しく遠ざかっていた『源氏物語』を再読してみることにした。

読んでおどろいた。かつての少女時代とは異なった次元の『源氏物語』の世界がひらけて来たからである。

光源氏がマザーコンプレックスであるというのも、今回の新発見であったが、六条御息所という観点から見た時、『源氏物語』、特に「宇治十帖」を除く巻々では、これはまた何と六条御息所の色に染まっている部分が多いことだろう。私はある意味において、これは六条御息所が女主人の物語ではないかとさえ思えるようになった。

「六条わたりのしのび歩きのころ……」と書き出される夕顔の巻において、六条御息所は登場する。先の東宮妃であった女性で、光源氏より七歳年長の二十四歳。美貌、知性、教養、見識、すべてにおいて当代一の資質を兼ね備えていたということになっている。東宮の死によって宮中を下がった御息所であったが、あまりに類稀《たぐい》なる美質を惜しんで、帝は後宮にとどまるようにすすめた。しかし、きゅうくつな後宮生活よりも、自由な身となって、吾が皇女と共に静かな生活を送ることを望んだ。後になって、娘を入内させる夢を抱いていた彼女は、しっかりした後見役となってくれるべき男性を待っていたのである、そこへ現われたのが、光源氏であった。

美男子で多芸多才、血統も申し分なく、恋の対象としては理想に近い。ただしあまりにも年若く、色好みの方も相当であるという噂の貴公子に、初めは不安を抱き、なかなか事がすすまなかった。逃げれば追う、追えば逃げるというのが古今東西の恋のゲームの法則である。光源氏も標的を追い落とすまでは決してあきらめなかった。真剣さと熱心さの前に、ついに負けて心を許してしまう。

ところが、一たん恋人となると光源氏は次第に態度を変えた。夕顔の出現と時を前後して、御息所への熱は少しずつ冷めて行った。

後《のち》になって、源氏自身が語っているのを見ると、六条御息所とは「さまことに、心深くなまめかしき例《ためし》には、まづ思ひ出でらるれど、人見えにくく、苦しかりし様になむありし」と評しているように、気楽に冗談を言えるような女性ではなかったのだろう。子供っぽすぎた当時の光源氏にとっては、背伸びしなければついて行けないような「大人の」女性であり、軽蔑されぬように気を遣っていて、堅苦しかったというのが、本当のところであったと思われる。その反動が夕顔のように気楽な女への傾倒であった。

御息所にしてみれば心外な話である。自分の邸への往復の道のりの途中で横道へそれ（夕顔の家は五条であるから、二条の源氏邸から六条の御息所邸への途上である）、そこから引き返してしまう。夕顔とのもともとのなれそめというのも、自分の元へ通う途中、寄り道をして見染めたのである。すでにして冷めつつある源氏の心変わりを恨むことも無論であるが、そうなることを見抜けなかった自分、子供っぽい男に託してしまった自らの愚かさに一層腹が立ったのである。

かくして、御息所のストレスは深く深く内向され、その発散は夢の中での凄まじいエネルギーと化した。彼女自身は几帳の奥に座していて何事もなすわけではない。体から生霊《いきりょう》が抜け出して行くと言っても、自覚もなければ責任もない。丑の刻参りに釘打ちに出かける類《たぐい》の女性とは異質なのである。この辺りが、現代人たる我々には最も理解しにくい所であり、誤解を受けやすい部分であろう。

『源氏物語』の中で、御息所が生霊、あるいは死霊となって現われるのは、『夕顔』の巻を入れて三箇所見られる。

最初は光源氏が夕顔を伴って行った廃院の中で、「若い女」の形で現われおびやかし、夕顔の命を奪う。

次は葵の巻で、生霊となった姿を源氏が確認している。御息所自身も、我知らぬうちに衣装や髪に、祈禱の際焚かれる「芥子《けし》」の香が染みついているので、自覚するに至ったことになっている。

三度目は「若菜下」の巻である。紫上が重病となり、物怪《もののけ》の仕業として調伏すると現われる。この時は死霊である。

興味深いのは、三度とも理由《いわれ》なき現われ方はしていないことである。夕顔については前述したが、葵上は有名な車争いの後、出産が重なったこと。正妻としての地位を望んでいた御息所にとっては、決定的な敗北を意味するものであった。紫上の発病に関しては、夫婦のむつまじい語らいの中で、源氏が御息所のことを悪しざまに語ったためと、物怪が語っている。

このように、御息所の誇りや人柄を傷つけた時でなければ現われない。嫉妬のみならば他の夫人にも現われてもよさそうなものであるが、故《ゆえ》なきところには姿を見せないのが、六条御息所たる「見識」である。（たとえ、生霊、死霊であっても。）

それに引きかえ、女三ノ宮の降嫁で苦しむ紫上に対して語っている光源氏の女性観（かつての恋人たちの形に託してあるが、実はおそらく当時の男性貴族の一般的な女性観でもあったろう）の根拠は、随分脆弱で、得手勝手な論理としてしか見えてこない。

あるいは、こんな所で紫式部は復讐を企てていたのかも知れない。父をして、この子が男であったならと嘆息せしめた彼女は、宮庭サロンの中で女流文学者とさわがれながらも、自身は醒めた眼で、男性社会の後宮の中でしか存在価値を認められない自分たち「才女」の現実を、冷たくながめていたとも思われるふしがある。

女は男性によって、菩薩にも、また夜叉にもなり得るものである。六条御息所のようなすばらしい女性であれば、その扱い方一つでまたどのような「いい女」

にもなれたであろうにとも思う。願わくば現代の男性方は、ゆめ、彼女たちを「葵上」の世界へ落とし込むことなく、「野宮」の美女の姿のまま、菩薩となされんことを。

7 雨讃歌

雨の季節である。

雨がきらいだという人は多いが、私の友人にとりわけ雨がきらいな人がいる。雨が降ると、予定していた旅行も、出かけるのを止めてしまうというのである。

たしかに雨はうっとうしい。特に旅行カバンの大きいのをぶら下げていたりすると。ましてや和服では裾が気になるし、どしゃぶりの中で泣きたくなるようなことだって何度も経験している。

しかし、雨だからこそ、むしろ雨でなくては経験できないこともたくさんある。

いつか叔母と山崎の妙喜庵を訪れたときのこと。どしゃぶりの雨であったが、ほんのひととき止んだことがあり、その時の庭の樹木の美しさと言ったら……。

しっとりと濡れた苔の色といい、しずくが落ちる葉の緑の鮮かさといい、大層心に残ったものである。五月雨《さみだれ》の暗さに慣れた目で、にじり口から覗き込んだ待庵の二畳の空間。今しも利休が給仕口から現われて来そうであった。

大勢で旅行すると、決まって晴女《はれ》、雨男などが話題となるが、私の叔母の場合は、明らかに「雨女」である。

この「寒紅」誌の主宰者でもある叔母は、自らの短歌集にも「雨女」という一連の歌があるというが、実際、叔母と同行すると、雨の想い出がやたらと多い。それもしとしと降るなどという生やさしいものではなく、時として「バケツをひっくり返したような」と形容される凄まじいのが多いのである。ついこの間は、沖縄へ出かけて、初夏というのに、雨を通り越して台風まで呼んでしまったというからあっぱれである。雨の神様に魅入られているのか、自分が魅入っているのか、その辺りは定かでないが、とにかく叔母の現われる所、どこも雨模様というのが定説となっている。雨乞いの必要な地方は一度叔母を招じてごらんあれ。

ところでこの「雨女」が発明したコートのおかげで、先日、すてきな「雨の出逢い」を持った。（色っぽい話ではない。残念！）

その日私はお茶会のため、遠い街を一人歩いていた。やや小柄な和服姿の老婦人が声をかけて来た時、時間でも聞かれるのかと思って立ち止まった。ところが、老婦人の視線は、時計ではなく、私の着ているレインコートに集中している。

そのコートは「着道楽」でもある叔母が考案したもので、少々変わった仕立て方がしてある。普通のコートだと、どうしても歩く間に裾が広がってしまうが、これだと腰から下がすぼむような形におさまって、まことに具合がいいのである。私も最近はもっぱらご愛用を決め込んでいるが、どうもそれがいたくお気に召したらしい。

見慣れぬコートの「秘密」が知りたくて、しばらく私のあとをつけて来たが、外側からではいくら首をひねっても仕立て方が分からなかったと言う。私がコートのひもを少しゆるめて説明すると、何度もうなずいていた老婦人。やっと合点が行ったらしく、

「だって、いいことはまねしなくっちゃね。」

かなり若々しいのである。

近所に住む人なのかと思ってたずねてみると、答えは意外にも、そこから電車で一時間ほどの町である。今日は市の美術館の彫刻展を見るために、一人ででかけて来たのだそうである。右手にぶら下がっているのは、どうやらその彫刻展の図録と思われる。

すっかり意気投合した二人は、小雨の中にもかかわらず、延々立ち話に小一時間。ところが、また半年後にこの都市を訪れる予定があるからお会いしたいと私が言うと、

「奥様、それは私、お約束できません。」

と急に顔をくもらせた。立ち入り過ぎたのだろうかとの自省がチラとかすめたが、そうではなかった。自分の歳はもう八十歳を越えているからと悲しげなのである。返す言葉に困っていると、

「だからね、だから私、一日一日を精一杯、一生けんめいに生きてるんです。その日その日だと思ってますから。」

一生けんめいの所に、実感がこもっていた。八十歳を越えて、自分の生の残すところを冷徹に見すえた覚悟が、私にもひしひしと伝わって来た。

それにしてもたいした人ではないか。外見も、とても八十を過ぎたとは思えないが、その精神たるや、この年ごろの老人にありがちの、過去の追憶に生きるどころか、今なお新しいことに次々とチャレンジしていこうとしている、しかも付き添いもなく、たった一人で、雨の日もものともせず、和服をしゃんと着こなして、美術館通いをするという、このバイタリティ。感嘆に価する「秘密」こそ、今度は私が聞きたいものである。

「私は何でも物事をいい方に考えてしまうんです。」

私があまりしつこく聞くので、老婦人は笑いながら教えてくれた。更に、どんなことをも「楽しんでしまう」ことが秘訣という。まだ不審顔の私に、こんな話をしてくれた。

今朝、家を出る時、近所の人と顔を合わせたが、さんざんにグチを聞かされた。そこでその人に向かって一言、

「あなた、どうしてそれもみんな楽しんでしまわないの？」

グチも楽しめとは、思い切ったことを言う。何やら禅問答めいた話であるが、私はその時、この街へ来たことが無駄ではなかったと思えた。お茶会のために来て、お茶会よりももっと、本ものの「お茶の心」を教えられたような気がした。

別れる時、老婦人の目をじっと見つめて、一言一言、ゆっくり言った。

「どうか、どうか、お体を、お大切に。」

老婦人の方も同じように言ってくれた。気がついたら、お互いの目が少しうるんでいた。

雨もまた楽しである。

8
鵺《ぬえ》

（淀川長治調で）
「みなさん、鵺という動物を知ってますか。こわい、こわい動物ですねえ。頭は猿、体は狸、尾は蛇、手足は虎というんです。そんな動物が、平安時代の終わりにはいたんですよ。こわいですねえ。おそろしいですね。」

近衛天皇の御代、仁平年間というから、ほぼ今から八百五十年ほど昔の話である。天皇のお住まいになっておられる御殿の上に、夜な夜な何物かが現われて、ために天皇はいたく悩まされていられた。その怪物は必ず東の方から黒雲と共に、丑の刻にやって来る。朝廷では誰か退治する者をさし向けようということになった。勅命によってその役を引き受けさせられたのが、源頼政である。めでたく化物退治をなし遂げた頼政は、御剣をたまわり、「鵺」はうつぼ舟に乗せて流された。

これが『平家物語』「鵺」の段で語られる話の内容である。

昨年の春、私は京都の河村能舞台で河村隆司師の「鵺」に出会った。怪士の古面に黒頭《くろがしら》。幕が上がった途端から、あたりに妖気が漂って来たが、居グセとなってからの不気味さには比類がない。乱れた髪から透けて見える面には、単なる内の気を越えた呪術的な緊縛をさえ感じて、思わず身震いを覚えた程である。地の謡が次第に高まって行く。頼政の鵺退治の場面になった。突然、それまで身じろぎもせず聞き入っていたシテが、身を起こし、矢を「ひやう」と放つ演技を見せた。そこからはまさしく頼政が乗り移ったかのような一連の所作なのである。シテはあくまで鵺でありながら、敵たる頼政でもあるという二面性。鵺と頼政、両方の心理が複雑に錯綜している。奇妙な世阿弥のドラマツゥルギーを探りながら、私は何か得体の知れぬ作者の強烈な意志の力を感ぜずにはいられなかった。

その後、ある方から鵺について大変興味深い説のあることをお聞きした。鵺というのは実は妖怪などではなく、朝廷に敵対する武装集団であった。そして頼政はその集団に属していた一人ではなかったかというのである。

当時、大和地方には様々な方面での特殊な能力や技術を保持し、継承していた人々の集団があった。その中から武力に秀れた集団が現われ、次第に勢力を台頭させていた。一部は朝廷の組織の中に組み込まれて行ったが、大部分は依然として故郷の地を離れないでいる。京都の中央政府から見れば、自分たちの武力に敵対する存在である。それが「天皇のおびえ」の実態であった。このように中央政権に下らず、地方において敵対する集団のことを、京の都では「鬼」と呼んだ。人間としての評価は与えられず、異端、異能の集団として、人ではない形、力を持った「化生の者」として一段見下げられた観念が作られて行ったのである。「大江山の鬼」、「一寸法師の鬼」などがこれに当たる。そして鬼を退治するのには、同じ「鬼」の一族を当てるのが最も利口なやり方であろう。部族の生態や戦闘能力の弱点も熟知しているからである。おまけに朝廷への忠誠度を計るいい機会ともなるではないか。こうして政権にたずさわる者のみに都合のよい論理の中で、鵺退治の脚本は描かれ、選ばれたのが源頼政であったというわけである。

『平家物語』の次の記述を見ていただきたい。

「頼政矢を二つたばさみける事は、雅頼卿、其時はいまだ左少弁にておはしけるが、『変化《へんげ》の物仕らんずる仁は、頼政ぞ』とえらび申されるあひだ、一《いち》の矢に変化の物を射そんずる物ならば、二の矢には雅頼の弁の、しや頸《くび》の骨を射んとなり。」

この中の「しや頸」というののしる激しい言い方は、あきらかに雅頼卿への恨みを含んでいる。単なる弓の上手、武勇の者として我が身を推挙してくれたのなら、誉れにこそなれ、恨みを抱くいわれはないはずである。それなのに、雅頼卿への恨みはどこから生じたものか。その答えがこの「鬼」説にはあると思う。

頼政にとってはむごい話であった。勅命を受けた時、同族を討たねばならぬ我が身の宿命が、さぞかし呪われたことであろう。全てを百も承知で、あえて推挙した京都の公卿の意地の悪さ。賢しら顔が見えるようではないか。それ故にこそ、頼政が仕損じた時のために用意した「二本目の矢」であった。頼政の心中思いやるべしである。

かくして真相は意図的に歴史の中に隠されて、頼政の化物退治のエピソードだけが流布された。けれど当時の知識人階級の間では、皆が暗黙の了解として、多くの人々が頼政と鵺一族に対して同情の念を寄せていたことであろう。それが『平家物語』の中の記述のような形となって残ったものと思われる。

しかし、為政者はいつの時代でも酷いものである。鵺勢力一掃のため利用された頼政であったが、その後中央政権の下でどのような扱われ方をしていたのかということは、彼が以仁王を奉じて平家打倒に立ち上がった史実から推し量ることができる。時期といい、兵の集め方といい、あまりにも無謀さが目について、初めからおよそ勝てるとは思われないような旗上げの仕方なのである。むしろ自ら死地に飛び込んで行ったような感すらある。死に急いだ頼政の暗部にかつての鵺の記憶がなおも引きずられていたとは考えられないであろうか。

そしてこの悲運な武将の行動に深い理解と共感を寄せていたのが世阿弥であった。彼もまた、時の為政者たちの恣意にふりまわされ同族間での争いを余儀なくされた一人であった。大和申楽の出身者でもあり、その意味では、鵺や頼政に近い存在であった。先の「鬼」説の延長線上に、またこうした説もなされているそうである。

あるいは「鵺」は、世阿弥の頼政と鵺への、更に大和の「鬼」なる存在全てへの鎮魂の能であったのかも知れない。

「はい、いかがでしたか。こわいお話でしたね。だけど、ひょっとすると、かわいそうな、かわいそうなお話だったかも知れませんよ。能って本当におもしろいですねえ。それじゃまた、サヨナラ、サヨナラ！」

9　品のある話・ない話

今年（平成八年）の夏は異常に暑かった。

あまりの暑さのせいで、頭の回線がどこかでショートしてしまったらしく、ボウーッとした頭のままテレビを見ていると、やたら品のない顔や話があふれている。

例のオウムの代表者。これはもう誰が見ても品のない顔の筆頭であろう。ところが、その顔に「尊」の字をたてまつって、従って行った若者には品のある顔立ちが多くてどうにも理解に苦しむ。悪にも悪の美学があろうものを。麻原の逮捕の瞬間、一体どんな死の儀式が展開されるのかと、半ば恐れ、半ば期待していた人は多かったはずである。それがあの体たらく。その後伝えられる行状からはおよそ何の見識も感じられない。こんな品のない人間によって、日本中が震憾させられたのかと思うとほとほと情けない。

オウムに限らず、ごく一般的な人々の生活からもどんどん品格が失われて行く。お盆休みの最中は、例によってどこへ行っても混雑、渋滞である。分かっていながらも皆が旅行へ出かけて行く。旅の恥はかき捨てとばかりにふるまう人の多い中で、自分はと品を保っているのも、ずいぶんむずかしいことだろう。国内で済むならまだしも、外国まで行って集団で恥をさらして帰って来ながら、当人たちはほとんど自覚がないというのも困ったことである。人、それぞれ、大きなお世話とは言いながら、受け入れ側の外国の人からすると、彼らの所業が全て「日本人とは」と受け取られかねないだけに、そうそう無関心でもいられない。

所はパリの話。せっかく来たのだから観光だけではもったいない。高級ブランド品の一つや二つは買わずに帰れようか。何しろ、円高のこの夏、かつて手の届かなかったような品物が、半額、あるいは三分の一位で自分のものとなるのである。皆が有名品店へ押し寄せてみるのだが、エルメスだのグッチだのの本店はほとんどが閉まっているか、開店していても品物がショーケースに陣列されていない。あきらめきれない彼女たちのもとへ、あの店なら買えるという情報が知らされる。短距離走なみのスピードでかけつけてみると、店の前は長い行列。そしてドアは固く施錠されている。一定の時間を区切ってドアが開放され、きびしい人数制限のあと、またドアが閉められるのだという。こんな方式では買われたバッグがかわいそうであろう。買う方も買う方なら、売る方も売る方と思う。そう言えばフランスは核実験にまつわる話で品のなさを露呈しているが。

あるウイスキー会社のコマーシャルに、夏の民族大移動をやめてみませんかと、ユーモアたっぷりに流していたのがあった。大方の人が内心はかっさいを送っていたのではないだろうか。それでも行かねばならぬのは、個々のお家の事情。止むに止まれぬ人々にとっては苦笑い、といった程度で品良く受け流せばよいものを、ある県からクレームがついて、このCFはストップがかかってしまった……。

品のある、ないというのは考えてみるとむずかしいものである。必要であるか、ないか。あるいは、いい、悪い、などとはおよそ次元の異なるものである。

品のある風景というのもたしかにある。

松江で、嫁ケ島をへだてた穴道湖の落陽。

北海道、江差をはるかにのぞんだ夷王山頂からの遠景。

近ごろ旅したうちでは、この二つがぬきん出ていた。ことごとしく日本三景、新日本三景などと呼ばれずとも、地方へ行くと、かつての文化の影をひきながら、今は現代社会から身を引いて行きつつあるような町が残っていて、時々息をのむような美しい風景に出逢うことができる。

そうした町々において、今ではめったに見かけることの少なくなった品のある後ろ姿にお目にかかることもある。

伊豆半島、松崎の港。ここは中世から近代に至るまで、海陸の交通の要処として栄えた町である。町はずれに一軒の炭焼き小屋があった。主《あるじ》は以前松崎町の消防署長を務めたという経歴の持ち主で、定年を過ぎてから、趣味で炭焼きを始めたのだという。知人に連れられて行った私を、幅の広いガッチリした胸とおだやかな風貌でむかえてくれた。この笑顔が、作業にかかると耳の穴まで真っ黒になってしまうそうである。全身炭の粉まみれになりながら引き出している背中を想像したが、その人はかつて火事場の焼け跡において、人間の生活のすべての品々や、ひょっとしたら人間であった「物体」の炭化したものさえも、同じように見守っていたのかも知れない。無に帰してしまったものばかり見続けて来た瞳が、今度は人々を生かすものを作るために高熱の窯の中で耐えている。数日を経て届いた炭の荷の中には、上質の和紙にしたためられた達筆の手紙がさりげなく入っていた。固くしまった黒い木のひだの中に、その男性《ひと》の人生が凝縮されているようで、この炭は粗略に扱えないなと思った。

品について書きながら、さて自分をふり返ってみると、まことに「品悪く」太ってしまい、例のスヴェルトをぬりたくって少しでもウエストを元へもどそうと躍起の有様。いつの日か、「品のある老後」を送りたいというのが、私の切なる夢想ながら、この調子でははなはだ心もとなし……。

10　春の心はのどけからまし

小田原・紹太寺、京都・常照皇寺、吉野・西行庵とここまでで「あ！」と気付いた方はかなりの通《つう》である。このあと京都では円山公園、平安神宮、醍醐寺、平野神社と続く。弘前、角館、高遠と来れば「やはり桜か」ということになる。古木で樹齢二千年という山梨の山高神代桜や千五百年の岐阜・淡墨桜、千年と伝える福島・三春の滝桜もぜひ訪ねたいものである。

日本全国に桜の名所、名木は数々あれど、悲しいかな人の一生で出逢える桜の数はそう多くはない。思い立ったら自由に飛んで行ける環境と身体の両方が揃わなくてはかなわないからである。まして桜は花が短い。休日ごとにできる限り訪れたとしても、普通の勤めを持っている人や、まじめな主婦ならなおさら限られてこよう。そこで、桜狂いの人々にとっては、いつか沖縄から北海道まで桜前線を追って旅をしようというのが宿願となっている。何をかくそう、私も実はその一人である。

毎年少しずつ私の訪れた桜地図は増えて行くが、おかげで三月の末ごろから約一カ月ばかりというもの、ソワソワと落ち着かない日が続く。新聞をながめ、桜情報に聞き入り、果てはあちこちの役場に問い合わせたり、直接寺院や個人宅まで電話したり。良さそうとなると休日を待ちかねて文字通り飛んで行く。そんなに念を入れて行ったつもりでも、雨のあとで散った後だったり、まだ蕾のままだったり。まことに「世の中に絶えて桜のなかりせば」なのである。ここまで来ると桜を訪ねるのも難行苦行。ことに名木と言われるような桜は、人里離れ交通不便な場所に咲いていることが多いので、まるで修業を果たしているような気分にさせられる。けれども苦心して訪ね、訪ねて行った先でみごとな花と向き合った時の感動は、それまでの苦心を忘れさせるのに十分である。エドヒガンの古木には孤高さ、品の高さを感じさせられるし、シダレザクラの上臈のような幽玄な姿にうっとりさせられることもしばしばである。ヤエザクラでも可憐なのや、魅惑的なのやら……。人の生涯になぞらえ、和歌に詠み、桜を愛した文人たちも多い。彼らの讃えたヤマザクラの清楚さ、優美さをいいなあと言い続けていたら、困ったことに、ソメイヨシノの満開のおんもりしたのにはあまり魅力を感じなくなってしまったが。

こんなふうに「さくら」に魅せられてしまったのはいつごろからなのか。考えてみるとやはりあの吉野の西行庵を訪れてからということになろう。それまではけっこう近所のソメイヨシノの桜並木ぐらいで満足していたのに。

その日、私たちが吉野へたどり着いたのはもう夕暮れに近かった。金峯《きんぷ》神社から日没と競争するようにして急いだ山道。見降ろすと薄い明かりが西行庵を照らしていた。谷のまわりを山桜が取り巻いている。庵の前に立ってみると、ぐるりの山桜がおぼろに霞んで見えて来て、花の異様な白さの中に心が、たましいまでもが、溶けて引き込まれて行きそうな感覚を持った。それは妖しく切ないような花の精の呼びかけであったと思う。西行はその招きに呼応してしまった一人だったのではないか。

桜の妖気にとりつかれそうになったのはこの時ばかりではない。

数年前のこと、小淵沢でどしゃぶりの雨の中を「神田桜」を探して走り回っていた。遠くからチラリと花の影を見つけたので急いで近づいてみたが、それは神田桜とは似ても似つかぬ別の桜であった。雪にでもやられたのか痛々しいほど枝の折れた部分が目立つ。ふと根元を見ると朽ちたような石碑が建っていて、そばに数基の古い墓石が。さらにむこうには荒れ果てた寺。いかにもセットが揃いすぎるほどととのっていて、ゴクリとつばを飲み込んであわててその場を離れた。

さて、それからしばらくというものその木のことが気にかかって仕方がない。何かを訴えているようで夢にまで痛々しい姿が出て来る始末。こらえ切れなくなって夫に頼み込み、もう一度その場所に連れて行ってもらった。桜の木の立っているのは古い墓地に無住の寺の敷地内だそうで、管理しているという別の寺の住職にわけを話し、ねんごろに供養をしてもらうと、やっと落ち着くことができた。

各地の桜を訪ねていると、いろいろ楽しい人にも会う。

伊賀上野は芭蕉の故郷である。ここには芭蕉ゆかりの桜の故事にちなんだ「さまざま桜」という名のお菓子がある。伊賀牛の老舗に入った時、炭火で焼いた上質の肉をほおばりながら仲居さんにその和菓子店のありかを聞くと、私が買って来てあげましょうと言う。私たちの食事がすんでからではお店は閉まってしまうらしいのである。ほどなく袋を下げて帰って来たので、お店はすぐ近くかと聞くと、いいえ、自転車で行って来ましたとすまして言う。一瞬、私は目の前の和服姿の仲居さんが夜の道を自転車で飛ばす姿を想像して、おかしいやら、気の毒やらで言葉に詰まってしまった。おようさんというその仲居さんと、次に会った時は思い出話をしてよく笑ったが、それからしばらくして三度目に訪れてみると、もう別の店に移っていて会えなかった。桜の縁で知り合ったおようさん、今ごろ元気でがんばっているだろうか。

11　和菓子の苦労譚（三題）

和菓子の苦労譚（パートⅠ）

甘いもの好きな家庭に育ったせいか、子供のころから和菓子が大好きである。夫も晩酌を楽しむより甘いものの方（ケーキも含めて）を喜ぶので、我が家ではいつも和菓子を切らしたことがない。時には何箱も重なり合って甘いもの地獄と化すが、そこにもおのずからルールがあって、あっという間になくなってしまうものと、いつまでもぐずぐずとほこりをかぶるものに大別される。このなくなり方の速いほど我が家では「おいしさランク」が上にあがるというわけである。最上ランクに属するお菓子ならば家中でもう争奪戦である。十個入りの箱を買って来たとして、できるなら私だけで四〜五個はゲットしたいところであるが、さすがに娘たちの手前、そこはグッとこらえてまあ三個(時には皆の目をかすめて四個)でおさめている。

もともと好きだったところへ、必要に迫られて始めたお茶によって、いよいよお菓子道(?)にのめり込むことになってしまった。自分も好きなら他人も好きだろうと勝手に決めて、近ごろあちこち訪問する時にはほとんど和菓子を持参することにしている。

ところがこの和菓子たるもの、こり始めるときりのないほど奥深いものであることにようやく気付いた。その人がどういう和菓子をおいしいと感じ、好んでいるかを見ればその人の文化度(日本人だから日本文化に対する)はおよそ知れようというほどである。

ケーキと決定的にちがうのは「季節感」がある点であろう。いつでも予約さえすれば手に入るわけではない。この入手困難というのは和菓子における重要なポイントである。なかなか手に入らないお菓子と言えば、こちらも胸を張って(内心自慢たらたらで）お持ちできるし、先方でもホウと言って受け取って下さる。自分がえらくなったわけでもないのに、自信にあふれてしまうのも和菓子の不思議の一つである。

ただし難点もいくつかあって、まず日もちがしない。干菓子ならまだしも、生菓子となるとできれば当日、遅くとも翌日にはお届けしたいとあせる。おまけに上質なものになればなるほど「平らにお持ち下さい。」とお店の人に念を押され、遠くへ旅行する時など、どれほどヒヤヒヤした経験のあったことか。（飛行機でスチュワーデスをだまして、貴重品扱いにしたこともあったっけ。ホテルでボーイがひょいと受け取って縦にしてしまった時は、本当に失神しそうになった。）温度や陽ざしに気を配り、お届けするまでは文字通り箱入りのお姫さまである。

それほど気を遣って持参した品でも、名古屋の和菓子というと「ういろう」しかないと思われているのか「あのういろうはおいしかった。」などと言われると物を言う元気も失せてしまう。

名古屋にはおいしい和菓子店があって、本場の京都へお持ちしても喜ばれるほどの名店も存在する。「パートI」では私のよく利用するお店をいくつか比較的容易に入手できる順から並べてみよう。「美濃忠《みのちゅう》」初夏の「初がつお」という棹ものが有名。サーモンピンクの肌の表面にかつおの切り身の模様。小豆の風味の「上《あが》り羊かん」もファンが多い。

「万年堂《まんねんどう》」季節のお干菓子の詰合わせが見た目に美しく、「美濃忠」と共に市内のデパートにも支店が入っていて、かつ全国配送可能。

「芳光《よしみつ》」支店はなく、一日に製造される数が少ないため、人気の品は朝早く行かないと売り切れてしまう。十月から五月までの「わらびもち」が知る人ぞ知るという逸品で、きなこをまぶしたその「遠いところにある甘さ」を尊ぶ文化人たちが日本全国で待っていてくれる。意外なところで意外な方が「大好物です。」とおっしゃるので油断のできない代物である。夏には「くず焼」という半透明の品が売り出される。舌の上でプルプルとふるえて溶けてあとに残るすっきりした甘さの感触がたまらない。初秋には「焼ぐり」という栗の形のほっこりしたお菓子。早春の「椿餅」という淡雪に似た白いなめらかな皮につつまれたつぶあん入りの品を愛して止まない人も多い。このお店の和菓子はどれもまっすぐ心に通って来るような素直なおいしさと可憐さがあり、あきるということがない。例の我が家の争奪戦ではいつも一、二位の最激戦をほこっている。

「亀末廣《かめすえひろ》」京都の同名のお店の姉妹店だそうで、京都店ほどではないにせよこちらも相当な格式をほこる。入手しにくいことで定評があり、今はさほどでもなくなったが、かつては売ってもらえずに空しく帰ったという人の話もめずらしくなかった。見るからに品格にあふれたお干菓子は、注文しようとすると必ず用途を尋ねられる。使用目的に適さないお菓子はお売りできませんというわけで、こちらの説明に納得されれば注文に応じてもらえる。生菓子では「うすらひ」という名の白黒のあんが三段重ねになった氷形のものが初冬に売り出される。ところがこの発売予定日が毎年決まっていないのである。予約しようとしてもいつから製造されるか分かりませんとの返事。その年の初氷――薄氷――うすらひ――が初めて張った日からということでお天気次第というから徹底している。

総じて入手しにくく、気むずかしい和菓子店というのは伝統のある名店に多く、そうした姿勢を煙たがる人もいるが、その頑固さ、一途さのゆえに歴史をくぐりぬけて今まで良質のものを保ち得たとも考えられる。名古屋以外のそうした名店は次号の「パートⅡ」で触れてみたいと思う。

とにかくおいしい和菓子は理屈ぬきにおいしい。お茶と共に「おいしい」和菓子をいただくのはまことに至福のひとときである。

和菓子の苦労譚（パートⅡ）

前回「パートⅠ」で和菓子のあれこれを書いたところ反響があって、「私はこれが好き」「我が家はこのお菓子を」と、中には送って下さった方もあり、それぞれにお人柄が偲ばれて楽しく拝見した。

全国にもかつて城下町であったところや今でも茶道の盛んな土地には様々の銘菓が存在する。前もって調べて行ってもガイドブックに載っているようなお店というのはあまり期待できないことが多いので、私は現地に到着してから信用できそうな人に隠れた名菓というのを聞き出し（この時おいしい和菓子の手土産を持参することが大切）たずねて行くことにしている。

けれどまれには予約でないと手に入らないお店もある。旅行中に予約したものを受け取りに行くというのは実はかなりやっかいな仕事なのであるが、そこは「おいしいお菓子」にひかれてクリアしたとしても、予約そのものがむずかしい場合さえある。どうむずかしいか、今回はそれを聞いていただこう。

まずは東京。例の「越後屋若狭」。三日以上前でないと受けつけてもらえない。個数を注文するだけで内容は全くお任せ。その時期に限定の種類で適当に詰め合わせてくれる。約束の時間に取りに行くと包装紙にも包んでもらえない白い紙箱に、パチンと輪ゴムで止めただけのものがハイと渡される。けげんな顔をすると、当店の和菓子は全てお茶事用に限られているので、注文の品は即ち自宅用。他家《よそ》様へのおみやげではあり得ないので包装は不要という理屈なのだそうである。まことにお説ごもっともと引き下がる外はない。

次は金沢「吉はし」。何と店舗がない。お届け専門の和菓子店で旅人にとっては「一見さんお断り」の最たるものであろう。それではどうして手に入れるか。こっそり種明かしをしよう。お得意様の中に何軒かの旅館や料亭がある。そちらへなら届けておいてくれるので、泊まるか食事をすれば良いのである。こうしてやっと予約を受けつけてくれるが、ここもやはり個数を言うだけで内容はあちら任せ。それを押して聞いてみたところ、「当日になってみないと分かりません。」との答え。作り手の興趣おもむくままに今日はこれをと思うものしかこしらえないらしい。お菓子作りもここまで行けばまさに茶道の「亭主七分に客三分」ということであろう。

さて京都。様々ひしめき合う中でも歴史的な名店といえば「川端道喜」が筆頭に上る。室町時代末に荒れ果てた御所の門をくぐり毎朝献上したと聞けば、私のような単純な人間はそれだけで崇敬の念を抱いてしまう。古いだけではない。いつかいただいた「嵯峨の春」という道明寺にこしあんを入れて氷モチをまぶしたお菓子は、箱を開けた瞬間息をのんだ。手をふれることもはばかられるような完璧で典雅な形、そして色。小さな箱の中にはまるで桜襲ねの小袿姿の上﨟がうずくまっているように見えたのである。「かわいらしい」お菓子や「きれいな」お菓子は他にもいくらもあろうが、ここまで品格を感じさせるとはさすがに「御所のお菓子」である。ため息と共に味わい終えて、余韻を楽しみながら取り上げたお抹茶のおいしさと言ったら……。あの食通で名高い谷崎潤一郎夫妻がご執心であったというのもうなずける。

ところでこのお店は、ちまきに関しては年中予約さえすれば手に入るが、問題はそれ以外の生菓子である。四季折々の家伝の品は数百種にも及ぶというが、店内のどこを見渡しても見本もなく、個人の客が個々に注文してても受けつけてもらえない。どうしても欲しければ待つしかないのである。ひたすらに待つ。どこかの茶人がお茶事用の生菓子として注文を入れるまで。その機会に便乗して「ご好意」によって少々多めに製造した分を「分けて」いただく。それなら可能というわけである。

なかなか手に入らないお菓子の代表格のようなお店であるが、年に一度だけ例外がある。「御菱葩《おんひしはなびら》」といういわゆる「花びら餅」で新年の初釜用を「試みの餅」ということで十二月二十八日から四日間のみ売り出される。ただしその注文は十二月一日の一日限りで、かつ受けつけてもらえるのは前年の実積がある人のみという条件つきである。予約した当日は新幹線で受け取りに行き、（中には毎年北海道から航空機で来る人もあるらしい）「決してなためになさいませんように。」と念を押され受け取った袋の重みの何と貴重に思えることだろう。包装紙には「起請文の事」と先祖伝来の家訓が印刷されている。有為転変の世の中で五百年もの長きに渡って代々の当主が誇り高く伝えて来た心と技を思う。偏屈とも見えるまでの情熱なくしてはここまでの和菓子の文化を後世に伝えることは不可能であったにちがいない。さればこそ、客の立場の手に入れるための少々の苦労などは物の数にも入らないということにもなろうか。和菓子道（？）もなかなかつらいものである。

いつだったか、ある和菓子店の店先にて。

予約してあった品を受け取って振り返ると折悪しく雨が。傘は持っているものの、手に持たねばならない箱には雨がかかりそう。考えあぐねていると店主がビニールの風呂敷で包んでくれた。ホッとして「ありがとうございます。本当に助かります。」と礼を言ったとたん、「あなたのためじゃありませんよ。お菓子がぬれますからね。」外へ出てから思わずニヤリとした私。このお店のお菓子は当分大丈夫そう……。

和菓子の苦労譚（パートⅢ）

和菓子党ですか？　ケーキ党ですか？

近ごろの風潮ではどうも和菓子の方が分が悪そうである。茶道をたしなむ人は別として、若い人となると圧倒的にケーキ党が多い。

ところが私の住む街は、洋菓子店で全国に名の通ったところはないのに、和菓子ならどこにもひけを取らないという事情もあって、手土産というと和菓子を持参することが多い。知人ばかりでなく旅行する時も「お世話になります。ちょっとごあいさつ」といった感じでお渡しするわけであるが、和に関する業種、例えば料亭だの日本旅館のご主人たちは言うに及ばず、実はホテル関係やフランス料理のシェフたちにもけっこう和菓子は喜ばれるものなのである。

今年の一月にパリを訪れた。まだ昨年のニューヨークのテロ事件の影響で観光客が激減していた時期である。そのため普段なら三カ月待ち、半年待ちという著名なレストランでも予約が可能になった。次々とOKの返事が来て幸運に舞い上がると同時に、今回のおみやげは是非「おいしい和菓子」をと決意した。けれど鮮度がいのちの生菓子、賞味期間は丸二日間しかない。時差と飛行時間を考えるとこれは相当むずかしいことを覚悟せねばならなかった。

名古屋「芳光《よしみつ》」は全国に隠れたファンが多い。このお店の「わらびもち」と「椿餅」を持って行くことに決めて御主人に相談したところ、前日の一番おそい時間帯に製造することを約束して下さった。せっかくプレゼントするのなら外国の人にも喜んでもらえるよう、少し包装にも凝ってみたいものである。掛け紙は季節はずれながら「桜」の模様をとお願いし、金銀の水引で結んでみると、見た目にも華やかなものができ上がった。

中身はこれで良しとして、相手にどう伝えるかも問題である。日仏の文化交流にたずさわる所にいろいろ電話してみたが、結局語学教室の方の好意にすがることとなった。「このめずらしいお菓子は日本から持参したおみやげです。生菓子ですのでできるだけ早く召し上がって下さい。あなたならこの和菓子を理解していただけるものと信じます。」という内容のフランス語のカードと、和紙のレターセットに日本語の筆で書いたものの両方を添えて渡すことにした。

当日の朝になった。とにかく箱をひっくり返して形がくずれては台無しである。航空会社のカウンターへ行って預かってもらえるよう頼んだが責任は持てないとのこと。機内へ持ち込むことにして、セキュリティーを通る時もX線をかける時もその都度説明をしなくてはならない。やっと座席にたどり着いて通りかかったスチュワーデスにわけを話すと、さすがにJALの乗務員、快く理解を示してくれた。ところが満席状態でなかなかいい置き場所が見つからない。とうとうお菓子の箱だけ持ち主から離れて、ファーストクラスのロッカーにおさまっての旅になってしまった。

到着したのは夕方のパリ。この日の夕食を予約してあるレストランには最後に届けるとして、それまでに明日以降訪れるレストランとホテルを回って配ってしまわなくてはならない。幸い日本人のガイドさんが協力してくれて通訳の心配がなかったため、予約確認を兼ねての「おみやげ配達」はスムーズに運んで胸をなでおろした。

「オテル・ド・クリヨン」の「アンバサダー」へ予約時間ぎりぎりにすべり込んで、おみやげをと言うと少し待たされて、次に現われたのは総シェフのドミニク・ブーシュその人であった。日本から運んで来た和菓子というと目を丸くして喜んでくれた。お礼に今からシェフの特別コースを作りましょうと言われた時はこちらがびっくり。繊細な一品一品はそれまでの気疲れを忘れさせてくれるのに十分であった。帰りにシェフのサインとイラスト入りのグランドメニューを記念にもらい、パリ第一夜は無事に終わる。

翌日、目下世界一と評判の高い「プラザ・アテネ」の「アラン・デュカス」へ。さすがに世界中の食通のあこがれのレストランだけあってピリピリした空気が漂う。これぞフランス料理の極というコースを堪能した後、シェフからの「おみやげはおいしかった。」という伝言を聞くことができた。おしゃれなグランドメニューの他にアップルパイの包みを二個もおみやげにもらい、食べ切れないままホテルの部屋で娘と二人、残りをどうするか真剣に悩んでしまった。

三日目「ラ・セール」へ。いかにも地元のフランス人たちが食を楽しむために来ているという雰囲気で、リラックスしてゆっくり味わうことができた。食事がすんでどうぞこちらへと案内されたのは何と厨房！総シェフがパティシェリーシェフと一緒に待っていてくれて、和菓子談義は身ぶり手ぶりよろしく汗をかきかき、フランス語をサボったのが悔やまれる。最後に日本の「生菓子」はすばらしいと言われて感激。ここでもグランドメニューとデザートメニューに加えて「ラ・セール」のお店の歴史を記した大きな本をプレゼントされた。

ホテルへ帰ると「リッツ」の支配人さんから「おいしいお菓子をありがとう。」との丁重なメッセージつきボックスが届いていた。開けてみると四日目の「エスパドン」のレストランメイドのトリュフチョコレートがどっさり。

本当においしいものは洋の東西を問わない。日本を発つ時はどれほど理解してもらえるか疑問だったのに、パリの、いや世界に名だたるシェフたちが賞讃してくれた日本の「和菓子」。その真価を再確認させられた今回の「御菓子道中」であった。

＊名古屋の「亀末廣」はその後閉店。

12　栗

栗ほど私の脳裡に、いろいろな想いを喚起させてくれる食べ物はない。

第一に季節感である。このごろのように、一年を通じて、ほとんどの材料が手に入るようになってきても、「栗の促成栽培」などとは聞いたことがない。あるのかも知れないがいちごやメロンほど、ポピュラーではなさそうである。デパートやスーパーマーケットの野菜売場に、山盛りにした栗が並べられると秋を実感する。同時に、私は幼い頃の思い出が一度に押し寄せて来る。

まだ小学校へ上がる前の時分である。当時は子供たちは、今の子たちとちがって、遊ぶとなるとほとんどが集団であった。近所のガキ大将を中心に、顔ぶれは決定されていて、その年功序列は、一年毎に厳密に守られていた。すなわち、仲間の最年長者（ほとんどが小学六年生であったが）の少年がボスとなって一座を統率する。今日の遊びを決めるのもボスなら、手順や各自の役割を指揮し、「分捕り物」があれば、配分を決定するのも重要な役割である。就学前のヨチヨチ歩きの子供たちにもいちいち気を配り、転んでケガをした時には素早く処置をする。皆に遅れてついて来る子には「オーイ、こっちだ、こっちだ。」などと、人員の点呼もしなくてはならない。疲れてねむそうな子は、手下に言いつけて、家まで送り届けさせたり、時には自ら背負って帰ることもあったりと、そんな頼もしいボスではあったが、一年のうち、めずらしく、二、三度権威が薄れることがある。それが栗拾いの時期である。

いつもはいばるボスであるが、栗拾いに関してだけは、決定権がない。何故なら、この仕事（遊び）だけは、ボスの更に上級生がいなくては成立しないからである。小学校を卒えた去年のボスや、おととしのボスが、この時だけは昔の群れに一時帰団して、「オイ、行こうか。」とならない限り、一座の者たちは行きたくても、栗林に近寄れない。それほど幼い子供たちにとっては、危険な遊びだったのである。

先代のボスが声をかけてくれると、仲間たちは歓声をあげ、おのおの入れ物を用意して出発する。いよいよ栗林に到着である。地面にもたくさんの平べったい実が落ちているのを、小さい子たちが早速手を出そうとして、皆にしかられる。そんなのは、中味もほとんどない虫喰いだというわけである。

さて、先代のボスは、おもむろに自分の着ている中学の制服を脱ぎながら、全員に、頭に何かかぶれと命令する。命令が行き渡ったのを見届けると、大きくうなずいて、一言、「よし、皆、退がれ。」と、キッパリ威厳のある声を発する。一座は、現在のガキ大将まで含めて、大急ぎで四方へ、もうよかろうと思われる地点まで逃げる。皆がかたずをのんで遠まきに見守る中、先代ボスは脱いだ制服を頭からかぶり、これぞと思う栗の木の前で腕組みをして、七、八歩、あとずさりをする。立ち止って気合を入れ、「ヤーッ」というかけ声と共に、前方へかけ出して、五、六歩の後、右足を高く上げて、栗の幹を思い切り蹴飛ばす。かけ声が林中に響き渡り、幹の振動が枝から枝へ伝わったと思うとすぐ、栗のイガが、ボタボタという音と共に、天から多量に降って来る。

子供たちは、背中を丸めてしゃがみ込み、かぶり物の中で震えている。ヘタに上を見ようものなら、落下した栗のイガで、眼をやられてしまう。小さい子がうっかりのぞこうとするのを、年長の子にしかられ、止められ、ひっぱられて、半泣きになりながら、またうずくまる。幾度かのかけ声の後、危険な大役を一座の者たちのために買って出た英雄（子供たちの目にはそう映った）の「もういいぞ」の一言で、子供たちは一斉に立ち上がる。

あたり一面に、今落ちたばかりのいがが、ころころ転がっている。それを足で踏みつぶしたり、石で割ったりする。中からはつやつやした栗のつぶが、二、三個かたまってあらわれて来る。ケガをしないようにタオルを巻いた左手でイガを押さえ、中から栗の実をとり出すのは、主に女の子たちの役割である。

役目を終えた「英雄」は、自分の分を適当に懐中にすると、さっさと未練なく引き上げて行く。皆の歓呼の声に送られて、ちょっと手を上げて答えたまま、あとはもうふり返りもしない。そのニヒルな横顔に、子供たちは皆あこがれたものであった。

店頭に売られているような、大きく立派なツブではなかったが、子供たちにとっては、素晴らしいおやつとなった。家へ帰って、大人たちにせがみ、当時はポピュラーだったまきのくべてある「かまど」の中に、五、六粒をほうり込む。ややあって、「パーン」という爆発音がして、灰の中から、焼けこげて半分黒くちぢれた栗の実が引き出される。指を灰で白く汚しながら、熱いのをがまんしてむきほおばった実の、何と美味だったこと。

子供たちがお遊びで拾って来た実とはちがって、台所での食用の栗は、山奥から作男たちによって多量に拾われ、運び込まれて来た。かまどの大なべで煮られていたたくさんの栗たち。茶黒く濁った汁の色と、台所中に漂ったにおい。そのまま甘く煮たり、栗ごはんに入れたり。また時には、おはぎに姿を変えていくつもの大皿の上に並べられたりと、田舎の大家族時代の生活と共に、なつかしく思い出されて来る。

ところが、いざ自分が大人になって、家族を持ってみると、むく時の大変さばかりが問題となった。むくのがいやなばかりに、八百屋で売られている、すでに皮をむかれて、白い身ばかりとなった実を買って来たりもする。昔、祖父の家の台所で、せっせとむいていた祖母や伯母たちの姿を浮かべて、後ろめたい思いにさいなまれながら、でも、やはり指をケガなどしてはつまらないと、自己弁護にこれつとめている。百グラム二百円ナリで、十粒ほどもあるかなきかのむき栗は、白煮をして、子供たちのお弁当箱におさまったりするのである。そう言えば、いつだったか、実家の母がわが家へ遊びに来た時、ヒマだから、などと言いながら、一粒、一粒、むいてくれたことがあったっけ。父までが加わって。昔の人たちは、本当に器用だったのだと思う。

毎年、わが家へも何回か他人様からちょうだいするが、今年もネットに入って、見事に大きい粒が到来した。無器用な私は、皮のままゆで、包丁で二ツ割りにする。片方ずつ、スプーンですくって食べるのである。どう、甘くておいしいでしょうとたずねる私に、子供たちは無情にも、ちっとも甘くないと答える。天津甘栗が普通の甘さと思い込んでいたらしい。不満顔の二人を前に並べて、幼い日の栗拾いの話を聞かせながら、いつかこうして、親子四人で栗を食べ合った日のことを、子供たちが思い出の一つとして語る日も、きっと来ようと思ったりする。あの小学唱歌の「里の秋」のように……。

13　日本の美とこころ

「日本のこころ」について書くようにとのお話でしたが、私は最近、様々な場において体験したり、感じたりする日本の美、あるいは、いかにも日本的な美だと思われることから、まず考えてみたいと思います。

最近は日本でもオペラブームとかで、特にここ二、三年、引っ越し公演と銘打つ外国の有名なオペラ劇場の、本格的なオペラを見られる機会が増えて来ました。私たちもその恩恵をこうむって、これまでは現地へ行かなければ観ることの不可能だった様々な名作オペラを身近に感じられるようになりました。また、文化の発達した今日、衛星放送のおかげで、劇場へ足を運ばずとも、例えばバイロイト音楽祭のワーグナーの楽劇を我が家の居間で見ることができます。さらに映画を見れば「トスカニーニ」や「月の輝く夜に」などという作品の中に、オペラの一場面が挿入されていたりと、確かにオペラブームといわれるだけあって、そのすばらしさを体験できる機会は増えています。実際、オペラはすばらしい芸術だと思います。舞台美術、物語性、演劇性、音楽性、そしてそこに時にはバレエやダンスの舞踏性も加わって、一つの総合芸術の美が私たちを酔わせてくれます。フランコ・ゼッフィレリが芸術監督を務めた時の、例えば「ラ・ボエーム」の雪の場面では、その紗《しゃ》の美しさに感嘆の声をあげ、「椿姫」の愛に涙し、「カルメン」の魅力にとりつかれ、「ニーベルングの指輪」の壮大な叙事詩に感動します。また、プラシド・ドミンゴの歌声は全身を貫き、「メリー・ウィドゥ」のウィーンフォルクスオパーのダンスに甘く心をときめかせ、カルロス・クライバーの指揮棒の繊細な動きに見とれずにいられましょうか。どれをとっても、正に芸術であり、洗練された豊穣な美の世界に酔い痴れることもできます。

けれど、オペラの美の展開される世界は、やはり西洋文明のものだと思うのです。一方、日本には同じような総合芸術の美の世界があります。中世からの伝統の姿を伝えている「能」がそれです。同じように物語性、演劇性、舞踏性、音楽性を内包しながらも、その表現方法は全く異なっています。私は、この表現方法の差の中に、西洋と日本の文化の違いのようなものを感じ取ることができると思います。

まず、舞台装置を考えてみましょう。オペラの場合は、円形、あるいは長方形の平面上に、昔の城内の大広間を再現したり、貴族の大邸宅の庭や、時には深い森を形造ってしまったり、つまり場面を具現するのです。幕が上がると、そこは現実とは全く別のきらびやかな世界が現われます。観客はそこに吸い込まれ、登場人物の表情や動作の写実的な表現と一体の感動を味わうことになります。そしてその写実的な場面をいかにうまく、しかも早く転換させることができるかということに、芸術監督の手腕が発揮されます。観客の方は真正面から、あるいは斜め上から場面に応じた情景を楽しんだり、場面転換のための休憩の時間、ロビーで待つ間に社交を繰り広げたりします。

能はというと、場面の転換は全くありません。カーテンや緞帳もなく、正面後方の鏡板《かがみいた》に、神々が宿るとされる松が画かれただけのほぼ正方形の舞台と橋懸《はしがか》りが静かに能の開始を待っています。橋懸りから囃子方《はやしかた》、ワキ、シテと、ほとんどの能を構成する人物が登場して来て、それぞれの役割を全うし、またそこから去って行きます。観客は前正面だけではなく、脇正面という側面からも舞台をとり囲むような形で座り、平面のみならず、立体的な動きも捉えることができるような構造になっています。屋根と柱を持った能の舞台は、演じられる前と、終了した後も、同じたたずまいを見せています。ですから、どのような種類の能が上演されたとしても、舞台装置としては、多少の小道具は助けになるにせよ、相変わらず、鏡板の前で演じられるだけで、場面の転換は、観客一人一人の心の中でなされねばなりません。全く簡素化されたこの世界の中へは、観客は自らの感性を頼りに入って行くしかないのです。

音楽性についてはは、どうでしょうか。まず、オペラでは、大編成のオーケストラが、オーケストラ・ピットという舞台の下の穴の中に入ります。そして、およその場合、三～四時間という長い時間を要して一人の指揮者を中心に美しく奏でられ、それをバックに物語が進みます。主な登場人物は時折、聞かせどころのアリアを歌い、観客はそのアリアごとに盛大な拍手をしてたたえます。舞台上に並んだその他の人々は、合唱したり、行進したり、晩餐会の席上でダンスに興じたりして華麗な舞台を繰り広げます。オペラの前奏曲はよくコンサートで独立した曲目として取り上げられます。それほど多くすぐれたものがあるのです。また、上手な歌手がアリアを情感たっぷりに歌うのを聞いていると、文字通り心の琴線を揺すぶられるようで、身も心もうっとりと、そのすばらしさに酔うことができます。

一方、能では、オーケストラに匹敵するのは、笛、大鼓、小鼓、太鼓です。正面鏡板の前に並び、ほとんどの場合、各一人ずつです。太鼓が出ないこともあり、そうすると、たった三人で構成されるわけです。その横に合唱団ともいうべき地謡の人々が八人、二列に並び、シテやワキの「独唱」と交互に、あるいは、単独で謡います。囃子方にしても、謡にしても指揮者に当たる人はなく、各人の呼吸の合わせ方だけで、曲が進行して行きます。オペラの総数と比べると驚くほど小人数で構成される舞台ではありますが、その一人一人の受け持つ役割は実に重く、その集約された音色は、決して大編成のオーケストラと遜色はありません。むしろ、凝縮された音色と音色、そしてその間の音のない「間《マ》」の重要さは観客の内面と一致する時、この上ない響きをもって、能の美の世界へ導いてくれます。さらに特記すべきこととして、能の場合、いくらすばらしい演奏や謡であったとしても、その都度、拍手することはありえません。一曲が終了してシテが幕へ入ってしまうまで拍手は禁止というのが普通なのです。それどころか感動が大きければ大きいほど、「拍手するのも忘れるほど充実した舞台であった。」と賞賛されるわけで、本来、拍手を必要としない世界なのです。

舞踏という観点から考えますと、オペラ、特にオペレッタなどは大層に派手で華やかなものです。舞台上で貴族の扮装をした男女ペアが歌い踊るダンス場面の華やかさは、まさに目を奪われんばかりで、音楽と色彩の彩なす世界は絢爛豪華という形容がふさわしいものがあります。

しかし、対する能の世界に華やかさがないかというと、決してそんなことはありません。昨年、五十六世を襲名した梅若六郎記念展に、いみじくも「能の華」という題がついていましたが、あの展覧会に出品されていた装束や面を見れば、これもやはり実に華麗な美の世界であることは疑いもないことです。日本的で繊細に華やかな装束をつけ、面《おもて》をかけたシテが舞う時、そこには文字通り「花」が咲き匂います。内へ内へと込められた象徴的な少ない動き。制限多く、約束事に縛られた「型」の中からも、オペレッタのフレンチカンカンの美とは全く異質な流麗な美が輝きます。「羽衣」の天女が長絹《ちょうけん》をつけ、天冠をつけて扇をかざす時、袖をふり上げ、ふり下ろす時のハッとするような舞の清浄無垢な姿。「江口」の君の序の舞が見せる愛憎を越え、迷いから醒めた女の冴え冴えとした美しさ。「野宮」の六条御息所は、鮮烈な恋の想い出をただ昔として、激しい情念を内に秘めながら舞い上げます。あるいは「融《とおる》」の大臣の旧跡の中で四季の趣おりおりに、品位高き貴人が懐古の情を観客に投影する時。いずれも、一瞬一瞬の内に限りない臈たけた美しさを見せてくれます。ことに名手によって舞われた時、そのあまりの美しさに陶然とさせられ、涙さえこぼれ、法悦の境に至るというようなことさえも起こりうるのです。そんな心の中に焼きつくような美というのは、シテの精神と肉体の両方の極度の緊張と充実があるからこそ、はじめて成立する美なのです。

さて、最後に演劇性についてですが、オペラはほとんどが同時性を持っています。造り出された場面の情景と同じ時間の動きによって物語が進行して行きます。登場人物も多種多彩に投入され、一人一人の性格や役割もほぼ限定されています。せりふは各国の日常語の直接的な表現で行われることが多く、衣裳や大道具、小道具も具体的な理解がなされるようにあらゆる努力が払われ、観客にとっては、非常に分かりやすいしくみになっています。ところが能は、まず仮面劇という特性を持ち、シテはほとんどの場合、面をかけています。その「能面」というのがまた「能面のように無表情な」という言葉があるように、心理を深く内にこもらせた表情を見せています。それ故に、一面から見れば「無表情」だと思われる危険性もあるわけですが、これが能が始まって次第に昂揚してくるとごく限られた角度の傾け方一つで喜怒哀楽が見事に現われて来るのです。実に不思議な表情というべきで、すぐれたシテがいい面をかけて舞った場合などは、それこそ生身のどんな誇張された表情よりも一層切実な想いが、こちらの受け止める側へ向けてこられるような気がします。こうなってくると、無表情どころか、最大にして最高に複雑で豊かな表現を見せてくれる表情だとさえ思われるようになって来ます。「時間」ということを考えても、もちろん同時進行の能もありますが、多重的で前後二段の構造になっていたり、登場人物がかなり少ないのに、同じシテに前と後では全く異なる役割を与えてみたり、そのしくみはかなり複雑なものがあります。したがって、観客の方で事前にかなりの予備知識が必要な場合が少なくありません。稀には「隅田川」などのように、全く予備知識のないような、例えば外国の人たちにでも全く違和感なく理解されるような現代能もありますが、多くは『源氏物語』や『平家物語』など、一応の日本文学の素養がないと鑑賞しにくかったり、時には全くその演劇そのものの成立が理解されないこともできて来ます。さらに、せりふや謡の文体表現が現代語でなく、いわゆる「古文」になっているのも、一般の人々にとって難解なものと見られる要素であるのも事実だと思います。詞章の表現も日本文学独自の掛詞や縁語、季節の特殊な表現、仏教語、呪術的表現までとび出してくる有様で、中世文学としては、実にすぐれた文学と度々感心させられますが、これが容易な理解を妨げる原因の一つであることも、現代の日本においては問題点となると思われます。オペラが上演される時は、日本人はその言葉が外国の原語であっても、字幕やスーパーや同時通訳のイヤホーンガイド等である程度の理解をすることが可能です。

しかし能の場合は、謡の詞章は現代の日本人でさえ、初めて耳にした時は全て理解されるのは至難の業と申せましょう。しかもシテが謡う時、多く能面をかけているので、声がくぐもってはっきり聞き取れない場合も出て来ます。したがって現在は日本でも、テレビ放映される場合、画面の下に原文のままの字幕スーパーが出たり、能楽堂の見所に座っていても、謡本を詞章の理解の助けに聞いている人が多いのが現状です。ましてや、外国の人たちが能を実際、目のあたりにした時、その詞の文章表現は、たとえ字幕スーパーを流したところで意訳するのも不可能なほどなのではないかと思えるのです。それほど謡の詞章は示唆に富み、文学性豊かなもので、それ故にこそまた実に美しく、芸術の香気に満ち溢れています。

けれど、この名文章も、理解されなくては能全体のすばらしい魅力も半減です。いくら装束の美しさ、能面の美、音楽としての囃子の美しさ、舞踏としての序の舞や中の舞などの美しさが理解できたとしても、謡の文学的表現となると、すべてを理解できるのは、やはり日本人でなくては無理な部分があるのではないかと思えるのです。近頃、オペラとは逆に能を外国で上演することも珍しくなくなって来ました。でも、私には、外国人にとって能の美をあますところなく享受できるのかどうかということには、かなり懐疑的です。確かに、日本の文化や伝統芸術を他の国の文化を持った人々に知ってもらうということは大層意義のあることですし、能の中でも演目によっては万国共通の人間の感情の原点に立って、感動を呼び起こすこともあることは十分に考えられます。しかし、外国の人からは決して理解されない日本特有の、とも言える美学に発している能であってみれば、最終的には理解は不可能ではないかと私は考えるのです。

世阿弥が中世の能の大成者であることはよく知られていますが、その著した『風姿花伝』の中に「秘すれば花なり。秘せずは花なるべからず。」という条があります。この部分は、自分の子孫のために、能と奥義書として書き留められたもので、即ち能の方法論として書いているわけですが、私にはこの言葉が、能のみならず、日本独自の美学を深く洞察した言葉のように思えるのです。

また、和歌の世界に藤原定家の「見わたせば花も紅葉もなかりけり浦のとまやの秋の夕ぐれ」という有名な歌があります。花も紅葉ももうすでに十分味わいつくした人が、浦の苫屋の何もない世界の中にこそ却って究極の美の形を見出しているわけです。最初から最後まで浦の苫屋しかないのならば、これは美となりようがなく、単に貧しさの先行するだけの世界になってしまいます。そうではなく、常は華やかな詩情に取り巻かれている人のみが感ずることのできる、目には見えない隠された幽玄の美学なのでありましょう。更に、兼好法師の『徒然草』の「花はさかりに月はくまなきをのみ見るものかは。雨にむかひて月をこひ、たれこめて春の行くへ知らぬも、なほ哀れに情ふかし、咲かぬべきほどの梢、散りしをれたる庭などこそ見所おほけれ。」という条は、中世の美意識を代表していると言えましょう。無論、満開の花は美しい。満月も美しい。しかし、その完璧さのみを見るのではなく、未完成の時に、完全な姿の瞬間を期待したり、すでに過去のものとなった美への追憶をしたりするこころ。それが一層完璧さを想像させ、自らの内により豊穣な美の世界を築いて行けるということを主張しているのだと思います。

こうした図式を持つ日本の美の世界を外国の人に理解してもらおうというのは所詮無理な話かも知れません。何故なら、このような形の持つ美の情念の世界は、日本の風土と密接な関わりを持っているからです。他の国とは比較にならぬ程、繊細な四季の移ろいを見せる私たちの国土は、またそれ故に、刻々とした季節の変化の中での一瞬一瞬を最大限に享受し、生活の中に採り入れる精神の在り方を育んで来ました。道元禅師の「春は花　夏ほととぎす　秋は月　冬雪さえて涼しかりけり」の歌は、こうした日本人の美の類型を端的にあらわしています。それぞれの季節感の最高の美を列挙しながらも、どの情趣もすべて「涼しかりけり」という一語に集約されてしまう。しかも、最高の美、完全な美のみを求めているのではなくて、それぞれの季節の最高峰に至る過程をまた楽しめる余裕を持つ。不完全さと完全さを共に享受し、それを禅の世界にまで高めて行けるのは、やはり、この風土に根づいた日本人の精神性の高さであったと思われてなりません。

ところが、こうした中世以来の日本の伝統的な美の世界を、今、現代生活の中で過去のものとして、見放して生きつつあるのではないでしょうか。古来、私たちは四季の移り変わりの中に自己を同化させ、それを楽しむ精神の余裕を身につけて来たはずでした。しかも精神の中だけでなく、実際の生活面においても、美しい知恵として採り入れられていた様々な「わざ」を持っていました。それをもう一度、思い返してみたいと思います。

例えば、「衣更《ころもが》え」です。実生活の有効な知恵としての実用面もさりながら、それによって生活意識全般の中に季節を一体化して、共同生活者同士で季節感を共有する。そんな役割も果たしていたのだということが言えましょう。暑い時期に暑さを嫌悪したり、忌避すべきものとして感ずるのみならず、一歩進んで、更にその暑さの「季節感」を楽しんでしまう。着る人も透ける素材で自らも涼しく、またそれを眺める人には「涼しさ」を感じさせてしまう。そんな季節の中での様々な工夫を賢く身につけ、お互いに共通の美意識を持ち、尊重して来たのではないでしょうか。

今、私たちの身の回りには、確かに昔と比べると、思いがけぬ程の便利な生活の機器が溢れています。私自身、その文明を心ゆくまで享受して、どれ一つとってみても、もはや欠くべからざるものにまでなっています。夏はクーラー、冬は暖房。台所の煮炊きでも炭一つおこすでもなく、スイッチ一つで何時なりと、電気、ガス、水道が用に応じてくれます。ビジネスの世界では、コンピューターが以前とは比較にならぬ程の情報をいともたやすく処理してくれ、文書や手紙もワープロが多くなりました。この便利さを私たちは無意識の内に当然のこととして身につけてしまっているのです。そしてその便利さに慣れすぎてしまった結果が、あまりの便利さと引き換えに失われて行った精神性のようなものも多かったのではなかろうかと疑われるのです。すべからく、便利に。かつ、当り前のこととして。衣食住すべてから、私たちはどんどん季節感を取り払い、なくして行きます。同時に、そうしたものと一緒に大切に育み伝えられて来た日本独自の美意識を見失い、さらに生活意識そのもの、生活の中の喜びや悲しみも次第に失って行きつつあるのではないのでしょうか。それを取り戻す術を、果たして私たちは持つことができるのでしょうか。

けれども、ただ徒らに、懐旧の情と喪失感に浸っているだけでは進歩は有り得ません。中世という時代、能や茶道や禅などが成立した時代は、また、それ以前の美意識を乗り越えて行った時代でもありました。平安朝以来の日本独自の美の世界が、全く変革されて行かなければならなかった時代でもありました。戦乱につぐ戦乱。貴族たちが平安京で優雅に高めて来た中央の文化も、地方へ分散されるのも止むなくに至りました。不安定と言えば、この上なく不安定な時代であり、末法思想の流行したような、価値の倒錯の時代でもあったのです。こうした時代の中で、今に至るまで脈々と生き続けている、能や茶道、禅などという「新しい」文化が次々と花ひらいて行ったのでした。そのことは、今、私たちにとっても、決して失望のみではなく、また新しい美の文化の創造への可能性を示唆してくれてもいると思えます。この情報化時代の混沌とした中から、また何物か、次代に誇れるような新しい価値を持った日本独自の美の様式を、生み出して来るかも知れないと思います。日本人とは、そうしたことを可能にする民族であり、今、西洋文明に必要以上に毒されているとはいえ、そのために今まで維持して来た美の伝統の文明が破壊され尽くすのを、手をこまねいて見ている程、愚かな民族ではないはずです。もっとしたたかに、もっと高踏的なところから、伝統を踏まえた何かしらの付加価値を持つ、逆説的な美意識を創造してゆくこと。それすらも不可能であるとは思えません。温故知新の言葉のとおり、伝統の様式美の上に、更に新しい価値の世界をもたらそうと努力する時、その精神こそが、今、現代における新しい「日本のこころ」と言えるのではないかと思われてなりません。

14　女城主の里の薪能

平成元年八月十九日の夕方、私たちの車は岐阜県恵那市から岩村町へ通じる国道を走っていた。ロックフィル式のダムが建設中で、道は工事現場を縦断する。つい先日、湖底コンサートが行われた阿木川ダムである。ダムの完成時には巨大な湖ができ、三十戸の民家が水の底になるという。今はまだ、水没するはずの道路や橋、民家の屋根が乾き切った土の上に小さく姿を見せている。

ダムを過ぎると間もなく岩村町に入る。岩村町は最近、「女城主の里」としてマスコミの脚光をあびている。数年前、女優の渡辺美佐子さんを現代の「女城主」としてむかえたからである。以来、ふるさとおこしのイベントを次々と企画しているが、私たちの目ざしている「城址能」の薪能もその一環なのである。

現代の「女城主」渡辺美佐子さんは、その名を冠した「レディスマラソン・渡辺美佐子杯」などによって、現代の「女城主の里」に君臨しておられるが、もともとの「女城主」というのは、実は戦国時代の話に由来しているとお聞きした。

岩村城は八百年を越える歴史があるが、戦国当時は遠山氏がこの地方を領有していた。織田信長の叔母に当たる人が政略として嫁して来たが、ほどなく夫が病死。その後を自らが、「女城主」となって君臨していた。ところが、戦国の世の苛酷な運命は、この人の場合も例外ではなかった。生き残るためにやむなく取った敵方との講和条約として、女城主自らが敵将との婚姻を承諾してしまう。裏切りに激怒した信長は、敵将夫人となったその人を攻め、落城。捕らえられて、極刑に処せられたのだそうである。別名霧ケ城とも呼ばれた城の中で、美貌をうたわれた女城主が、どのような想いで日々を送り、歴史の中に消えて行ったのだろうか。想像するだけでもロマンをかきたてられる。その喜び、悲しみ、恨みを思いやり、この町の人々がかつての「女城主」への鎮魂供養として、「城址能」のプログラムの中に、毎回必ず「砧」の仕舞が組まれるという話である。

今は石垣のみを残すだけになっているが、かつて霧ケ城のそびえていた城山を背後にして会場は西に張り出している。鏡板に描いた老松の代わりに、本物の松がほどよい枝ぶりを見せ、なかなか凝った舞台装置である。見所は舞台を中心として三方から囲み、いすはなく、地面の上に敷物を並べて座るという形になっている。観客がおのおの、「座ぶとん」だの「クッション」だのをぶらさげて来て、その上に座り込み、お弁当をさえ広げて談笑する風景には、いかにも「ふるさと」を感じられて、好感が持てる。しかも、一旦能が開始されると、皆一様に襟を正して見入り、見所の態度の立派さに感心させられた。むしろ、こうした野外能よりも、近ごろ苦々しく感じられるのは、能楽堂での見所の振舞いの方で、「身内」意識のゆえか、演能の最中でも声高なやりとり、席の移動等、鑑賞の妨げとなることが多い。それに引きかえ、静かにかつ、真剣に「観る」という意識が感じられるのは、この地方の人々の文化度の高さを物語るものであろうと思われる。

午後五時を期してプログラム通り開始される。「火入れ式」のあと、能「羽衣」である。夕方とは言え、まだ陽は残暑の厳しさをとどめて、容赦なく照りつける。

その上、火を点したばかりの篝火から立ち上る煙と熱さ。さらに火の粉までが炎天下に舞い上がり降り注いで、夏の夜の風物詩もかたなしである。ひたすら、宵闇の訪れが待たれる。

蝉時雨の降る中を、ワキの漁夫の登場である。胸元につけたマイクから、朗々たる声が響いて来る。

いつも薪能のたびに思うことであるが、あのマイクの音声というものは、もう少し他に方法が考えられないだろうか。たしかに屋根のない舞台、まして野外では、音は空中に散逸して観客へ届くのはかなり困難なことであろう。しかし、どうしてもマイクを必要とするのならば、例えば、もっと高感度のマイクを、舞台正面のかなり上方にでもつるすなりして、全体を総括できうる位置や空間からボリュームアップを計るというようなことも、できない相談ではないと思う。こうした試みならば、新しい演劇の方法論としてなされる価値はあるように思う。この音響器機の革命的に進歩して、新しいコンサートホールでは世界にその音のよさを誇っている現在の日本においてをやである。技術や装置、費用とのからみ合いにおいて、どうしても無理であるならば、いっそ古式にのっとって、マイクなどは取り払い、自然の音声で行うということも考えられる。同じ野外能でも、場所の条件、観客の総数、規模などで、不可能な場合も多いと思われるが、この城址能の場合ならば十分検討の余地があろうし、むしろ「本物志向」としておもしろい特色となるかも知れない。ともかく、ここまで薪能が各地で流行して来たからには、時と場合によって、それに応じた新しい研究の課題として、もっと追究されねばならぬ必然性も起こって来ているのではないだろうか。

さて、ワキが松にかかった羽衣を不審がっているところへ、シテが遠くから呼びかける。ところが、マイクの調子がすこぶる悪く、音声がとぎれとぎれになって耳ざわりなところへもって来て、風向きの加減によって篝火の煙がシテの真正面から挑みかかる。演者にもあまりに気の毒な有様に思われた。

しかし、私が能というものの不思議な表情を目の当たりにしたのは、この直後であった。橋懸《はしがか》りを渡って来る時、足もとにやや心もとなさを感じさせていたシテが、「物著《ものぎ》」といって今まで着ていた装束の上から羽衣をつける動作を終えて後半、俄然、それまでの不安定さを払拭して輝いて来たのである。

シテとワキの互いに謡い合う掛け合いの後、しばらく地謡のみが流れて行く箇所がある。この間シテは全く動かず、地の謡うのを同じ姿勢で聞いている。ただそれだけであると言うのに、シテの天女の背後から次第に大きくまわりに漂う詩的空間のようなものが感じられたのである。時間とすれば、それほど長い時間ではない。また「羽衣」という一番の能の中でも、もちろん特にこれといった見せ場や聞かせ所というわけでもない。それなのに、この僅かな時間の印象によって、それ以降「羽衣」という能が終わるまで、私の内で今までの解釈の上に更に異なるものを決定づけてくれたのである。それは単なる舞の正確さや優美さ、華やかさとは全く別の次元の美であった。あの正体は一体何だったのであろうか。シテは明らかに人間であるというのに、シテから発光されたものは、生身の「人間」を離れ、人間を超えた存在の美でありえたように私には思われた。それは「天人」というにふさわしく、言ってみれば神的な「神々《こうごう》しさ」にあふれていた。正しく聖なる天女の美であった。清浄無垢で神秘的な美がシテの動かぬ姿に漂っていた。

こうしたことを私に感じさせたものは、やはり薪能という独特の舞台設定のなせる業であったかも知れない。野外能に特有の風が長絹《ちょうけん》の衣の袖をさわさわと動かしていた。迫り来る闇への予感と、夕映えが一層鮮やかに染め出していた装束の「紅《くれない》」の妖しさ。そうしたものが私の錯覚を増幅させていたのかも知れない。更に考えられるのは、城址という場所の特殊性である。まして、ここは戦国の悲運に散った「女城主」の里ではなかったか。その魂が鎮魂供養の能によって、時と空間を超越して呼びもどされ、背景の松の辺りに漂っていたとしたら……。

いずれにせよ、全く動きのない動作に反して感じられた不思議な「こころの動き」、表現を越えた表現とも言うべきものは、この時確かに存在していた。そしてそれはシテが意図的に作り出したものではないと思う。いつか能役者の方の講演をお聞きしたことがあるが、その中で、シテが自分の心理や感動を演技に作為的に投影した時は、必ずといっていい程、能は失敗に終わるという話が印象に残っている。内面は充実しきっていなくてはならないが、感情移入は決して行わず、意識は「無」の状態でないとよい能にはなり得ないのだそうである。シテの思惑や意図を越えた所から美があらわれるものらしい。そしてそこから発せられた光を観客の感性が受けとめた時、初めて能は演劇芸術としての完成を見るということになろうか。しかし、一方でシテが完璧な演技を見せたとしても、今度はそれを観る側の感性がはなはだしくかけ離れていては、舞台から受ける印象は全く別ものになってしまう。能の場合、表面に現われているものを見るのではなく、さらに奥にあるものをいかにとらえるかという所に鑑賞のポイントがあると言えよう。全ての表現をギリギリの最小限に押さえ、抽象化した世界だからである。形をありのままの形としてのみとらえるのではなく、形をとりまくもの、形の背後にある無形のものへ、限りなく心を投入して観照することができた時、形は単なる形を脱して、観客を新たなる美の世界へ導いてくれる。今回のシテに感じられた聖なる天《あま》つ少女《おとめ》の美も、私にとって、まさにこうした空間を垣間見ることができたのだとも言えよう。そしてこの感動を大きく助長してくれたのが、舞台設定であったと考えたい。

一般的には、野外能は様々な制約があって感興を損う場合の方が多い。音響効果にしても、光量の調節にしても、空調等々、正統的な能を観たいとなれば、能楽堂の方が圧倒的に優れている。その代わり、能楽堂においての観客は、純粋に自らの美意識なり感性なりを頼るしかないわけで、他からの助勢はありえない。ところがその点、野外能では逆に主催者が雰囲気を自由に設定して、観客の陶酔をあおることも可能なのである。今回の城址能はその一つの証明であったとも考えられる。いわばこの町の人々が城址能にかける期待と「こころ」が能そのものから美を引き出し、薪能の夜を舞っていたのだろうか。本当に能というものも「生きもの」であり、つくづく不可思議なもので、見るたびに姿を変える魔物のようなものだと思う。正体が見えたと思っても、次にはまた新しい感動、新しい印象で私に迫り、いつまでたってもつきぬ魅力を持ち続けている。日本の芸術の奥深さは私にはとうていはかり知れない。

二週間ほどを経て、夫と私は再び岩村の地を訪れた。薪能の日、見逃した歴史資料館と山の頂上の城址を見るためであった。懇切丁寧に教えられた道順に従って、かつてはたどり着くのに相当な難儀をしたであろう山頂へも、今では車で四、五分で登ることができる。想像したより遥かに規模の大きな山城であった。夕刻で、そろそろ城の名の由来を物語る霧が発生しかけていた。能舞台が組まれていた藩主邸跡の広場までもどると、鉄骨の土台だけがまだ片づけられず、残骸をさらしていた。薪能の夜のことが夢のように思い出された。

「松風ばかりや残るらむ……。」

「松風」の一節が浮かんで消えた。

第3章　銀椀の雪

奥飛騨（岐阜県）の冬木立

「野宮」　第三回　名古屋能楽鑑賞会　1991年3月2日上演
「卒都婆小町」　第四回　名古屋能楽鑑賞会　1991年9月4日上演
「邯鄲」　第五回　名古屋能楽鑑賞会　1992年3月28日上演
「絃上」　第六回　名古屋能楽鑑賞会　1992年10月31日上演
「道成寺」　第七回　名古屋能楽鑑賞会　1993年3月13日上演
「松風」　第八回　名古屋能楽鑑賞会　1993年12月4日上演
「羽衣」　第九回　名古屋能楽鑑賞会　1994年3月26日上演
「清経」　第十一回　名古屋能楽鑑賞会　1995年3月18日上演
「井筒」　第十二回　名古屋能楽鑑賞会　1995年10月28日上演
「枕慈童」　第十回　名古屋能楽鑑賞会　1994年9月24日上演

名古屋市の熱田神宮能楽殿で上演された各公演の観能記名古屋能楽鑑賞会の会報所載

1　能「野宮」——長けたる能に

●能

「野宮」

里の女（前シテ）　近藤乾之助
六条御息所（後シテ）
旅僧（ワキ）　宝生閑
所の者（アイ）　野村又三郎
笛　藤田六郎兵衛
小鼓　大倉源次郎
大鼓　河村大

後見　　辰巳　孝
　　　　衣斐正宜
地謡　久野幸三　田崎隆三
　　　佐藤耕司　（地頭）佐野萌
　　　稲川寿一　前田晴啓
　　　鬼頭嘉男　水上輝和

長けたる能に

間狂言が引っ込み、笛の音が始まると、宝生閑師はさすがに名ワキ方。私たち観客も一緒になって、後ジテを待つ心境にさせられてしまう。

幕が上がって、皆の視線が一斉に集中する。そこに見られたものは、六条御息所の装束を気高くまとってはいたが、生きた人間の気配を全く感じさせない、はかなさの中の立ち姿であった。けれど、その幻とも見えた姿が、橋懸りを一歩一歩進むにつれて、闇の中からおぼろげな輪郭を現わすように、次第に実在感を伴って来る。すべるような歩みに、かすかに揺れている面の横顔は、まさしく、牛車《ぎっしゃ》に乗って、今しも賀茂の祭りへ向かう御息所ではないか。

「野宮の……」と謡い出した時の位高き美の極み。近藤乾之助師のシテは、品格があたりをはらう。それでいて、臈たけた姿が、匂うように舞台の上で咲いている。これこそ世阿弥の「幽玄」の世界なのかと、ただウットリと紫の長絹の動きを目で追って行く。

舞い上げた後、シテが去った舞台の上には現実には春（三月二日）だというのに、秋の荒涼とした旧跡に、虫の声さえ聞こえてくるような、深い余韻が漂っていた。

こうした情景が、せっかちな観客たちの拍手によって、ぶちこわしとなる例が多いが、今回は心ゆくまで浸ることができた。パンフレットにわざわざ「遠慮を」と書き添えた主催者側の見識にこそ、「拍手」を送りたい。

ところで、シテのかける「面」であるが、いつも素晴らしい能と出合うたびに、正確な面の名を知りたいと思いながら、当て推量ですませてしまうのが現状である。次の鑑賞の一助のためにも、ぜひ当日使用された面を掲示してほしい。壁面に貼りだしていただければ帰り際に確認することもできる。名称を知って、たった今、観たばかりの舞台の印象を反芻しながら、帰途に着くというのは、それこそ「余情」としていいものだろうと思う。どうか一考をお願いしたい。

それにしても、あんないい女（六条御息所）を殿方（源氏の君に代表される）はどうして心変わりなさることができるのか、少々ご意見をお聞きしてみたいのであるが……。

2　能「卒塔婆小町」——嵐の日の見所

●能「卒都婆小町」

小野小町（シテ）	梅田　邦久
旅の僧（ワキ）	中村　彌三郎
同行の僧（ワキツレ）	広谷　和夫
笛	杉　市和
小鼓	曽和　博朗
大鼓	山本　孝
後見	片山九郎右衛門
	武田　欣司

地謡　清水　寛二　　片山　清司
西村　高夫　　野村　四郎
岡田　麗史（地頭）　観世　銕之亟
柴田　稔　　観世　暁夫

嵐の日の演能

見所のマナーには定評のある名古屋能楽鑑賞会の、第四回目の公演である。熱田神宮能楽殿の二階の窓から、大きく揺れる木の枝が、台風の威力を伝え、時折、ザアーとたたきつける風雨の音が混じる。

舞台の上では習いの次第の囃子が打たれている。常の調子とはやや異なる響き。太鼓と小鼓は、時にあえかに、時にきびしく冴えて間を縫う森田流の笛が哀切きわまりなく、無常の色を見せてくれる嵐のすさまじさに、しかし、囃子はそれに匹敵する以上の緊迫感をもって、暴風雨と渡り合っていた。

小町は悲しい。

橋懸りのわずかな道のりをさえ、休息をしなければ渡れない足弱《あしよわ》の身である。百歳の姥の現実を描くのに、能作者の、演出家としてのうまさに舌を巻く。

桂川を下る舟を、杖にすがりながらながめる小町の胸に去来するのは、「行く川の流れは絶えずして」なる無常の想いであろう。シテの視線の方向に、この時、たしかに川の流れが広がっていたように思った。

後半、シテが物着《ものぎ》を終えると、秋の夕暮れ、深草の少将の通い路を表象した囃子の調子を受けて、静かに地が謡い出された。初めはひたすらな思慕の情を切々と。夜を重ねるにつれて、激情のうねりがたたみ込まれて高まって行く。少将の怨念に取り憑かれた小町の「狂」を、最高の技術で高潮させた地謡の、キリへの場面転換の、また何とあざやかなことであろうか。地頭、銕之亟師本人が舞われた、かつての「卒都婆小町」を彷彿させるような地の謡であった。

しかし、小町は、本当に成仏し得るのであろうか。「悟りの道に入ろうよ。」と止めた地謡は、完な美を堪能させてはくれたが、私には未だにその疑問が残る。

才色兼備の外観に魅せられ、言い寄り、通いつめる男たちはおおくとも、小町の孤独さの奥底に分け入ることのできた男が、一人でもあったのだろうか。本気で愛する対象を持たなかった心の、不完全燃焼の故に、百歳までも老醜をさらして生きねばならぬ小町ではなかったのか。

ともあれ、今後も、東西から名古屋に能楽鑑賞会ありと注目されるような、質の高い舞台を期待したいものである。

3　能「邯鄲」――「邯鄲」の枕

●能「邯鄲」――傘の出――

シテ（廬生）　友枝昭世
子方（舞童）　塩津圭介
ワキ（勅使）　宝生閑
ワキツレ（大臣）　森常好
　坂苗融
　梅村昌功
（輿舁）　佐々木則之
　大日方寛

アイ（宿の女主人）　茂山　真吾
笛　一噌　仙幸
小鼓　大倉　源次郎
大鼓　国川　純
太鼓　金春惣右衛門
後見　栗谷　辰三
長田　驍
地謡　長島　茂　谷　大作
栗谷　明生　塩津　哲生
大村　定　（地頭）栗谷　菊生
中村　邦生　出雲　康雅

「邯鄲」の枕

終わったばかりの能舞台を見つめているのが好きである。

登場人物のことごとくが幕内に消え、あるいは切戸から退出する。老松の枝に宿りたもうたはずの神ももうお帰りになられたことであろう。鏡板に画かれた松の絵だけが、一曲の前も後も変わらず静かである。舞われた能がすばらしければすばらしいほど、そののちに漂う余韻をいとおしく抱きながら、落ちて行く時間の中にじっと身をまかせている。帰途へとざわめく人々の喧噪をよそに、しばしたたずんで、舞台の中に今しがたゆらめいていた美の影をもう一度よみがえらせてみたい。あれは夢だったのだろうか、いや夢ではない。けれど夢の如く、跡に形をとどめぬ、一瞬にして消え去り、二度ともどっては来ぬ。ただ記憶の中に、しかと存在していたものとして留めおかれるのみ。能という舞台芸術のはかなき宿命である。はかなきが故にいっそう、ひとときの興奮がさめやらぬうちに、雑踏に身を投ずるのが惜しく思われてならない。

名古屋能楽鑑賞会、第五回公演「邯鄲」もまさしく、そうした能であった。久しぶりに能らしい能を観たという充足感に満たされている。「飛び込み」や「空下」の巧みさ、たった一畳台の上で舞われたとは思われぬ程の「楽」の大きさ。卓越した技もさることながら今、私の脳裏に鮮やかに浮かびあがるのは上歌から子方の舞に至る間に、台上で居ついていた、シテの横顔である。

あの「面」は生きていた。とても作りものとは思われぬ生きた呼吸が伝わって来た。酒宴に臨みつつもどこか醒めている。盧生という中国古代の哲学青年は、夢の中で皇帝の位にあっても、ニヒリスティックな部分を捨て切れずにいたのであろうか。「邯鄲」の面から放たれる妖気は、見所のこちら側にも、単なる傍観者の立場から、内的思考をうながさずにはおかない。それは必然的に能のテーマへつながって行く。さらに「面」の内側からはシテを演じている本人の、現代人としての自我の影もまた透けて見える。夢と覚醒。二重三重にと錯綜して多重化した意識の層は、舞台の内外を微動だにできぬ緊張の糸となってはりめぐらしていた。

特に何の型どころもない長い間を、あれだけの緊張感で支え通すというのは、並のことではない。あの「静」の姿あればこそ、立ち上がってからのシテの「動」が切れ味鋭く演じられたのであろう。

日が経つにつれて、私の裡では、あのシテの姿は、いよいよ大きく重いものになって来ている。

本物の能に拍手はいらぬ。いやできないという方が当たっていよう。どうしてもそこまでの感動が共有できなければ、一度だけの拍手は仕方ないとしても、(素人の発表会ならいざ知らず)二度、三度に渡る拍手など論外のことである。演者に対して失礼に当たるということをどうか理解して、能楽堂へ足を運んで欲しい。「秘すれば花」の能の美学は、演者に限ってのものではないのである。

次回からも、「拍手を忘れるほどの名舞台であった」と評されるようなすばらしい能を名古屋能楽鑑賞会には期待したい。

4　能「絃上」――「絃上」の琵琶

●能「絃上」―琵琶の会釈《アシライ》―

老人・村上天皇（シテ）　梅若　六郎
藤原師長　大槻　文蔵
姥（梨壷女御）　河村　信重
竜神　山本　博道
師長の従臣（ワキ）　宝生　閑
間（竜王の眷属）　野村　武司
笛　杉　市和

小鼓　曽和　正博
大鼓　白坂　信行
太鼓　前川　光長
後見　山本　勝一
山中　義滋
赤瀬　雅則
地謡　鷹尾　章弘　上田　拓司
小田切　康陽　波多野　晋
山崎　正道　（地頭）山本　順之
赤松　禎友　浅井　文義

「絃上」の琵琶

長い間、琵琶という楽器にあこがれていた。

昨年の暮、思いがけずある会で那須与一の語りを聞いた時、ほとんど中世的とも言える現代離れしたその音に、歴史をくぐりぬけて来た重さを感じ、「古陶」を味わうに似た感慨を持った。

今回の「絃上」では本物の琵琶を弾く演出があると聞いたので、またあの音にめぐり会えるかと、いそいそして出掛けたものである。

梅若六郎師は、私も大ファンのひとりである。後ジテの村上天皇の舞う「楽」のすばらしさには、何度感嘆のため息を洩らしたことだろう。のびやかに、優雅。華麗。回転の足の運びの正確さ。袖をかえす時のあの切れの見事さ。スピード感。これだから能を観るのはやめられない。

しかし、あの琵琶は……。六郎師の「絃上」にかける演出上の意気込みはよく理解できる。また、現行の能にあき足らず、かつての形に復元しようとする試みは、大いに評価されて然るべきであると思う。ただ、そうした演出が、玄人にとっては余裕の「遊び」となり得ても、素人には十分消化されずに終わってしまうこともままあろう。

近頃は能に限らずオペラなどでも「新演出」が盛んであるが、実は私はあの「新演出」なるものがどうも好きになれない。ほとんどの場合、むしろ従来通りの演出の方が曲にふさわしく、よく楽しめることが多いからである。それは多分、こちらが数をこなしていないことに起因するとは思うが、観客は全員が玄人はだしの批評家めいた人間ばかりとは限らない。むしろ、名古屋能楽鑑賞会の見所に限って言うならば、素人の方が圧倒的ではないかと思われる。

できるなら、もう一度、あの演出ぬきの六郎師の「絃上」を観たいと思う。現実の「音」はそれ以上にはなり得ないが、象徴の「音」ならば、受け手の感性の裡でいかようにも昇華させることができる。六郎師ほどの名手であれば、かつての本物の「絃上」や「獅子丸」の音をさえ超えることが可能であろう。六郎師ファンの一人としては、その方が、師の真価をいかんなく発揮できるものと信じたい。

さて、名古屋能楽鑑賞会も六回を終え、次回の「道成寺」で七回を数える。ここに至るまでの主催者の方々のご苦労を考えると頭の下がる想いである。名古屋の地に、ここまで全てに粒の揃った舞台を招いて、本物の能の魅力を知らしめて下さった方々、ことに中心たる岩田さんに限りなく感謝の念をささげたい。今後、この会の存続のためには、「良い能を観たい」という純粋な欲求を、見所の一人一人が主催者に負けないほど強く持つことが最大の協力となると思うがいかが。

5　能「道成寺」——両眼の血涙

●能「道成寺」

白拍子（前シテ）　本田光洋
蛇体（後シテ）
道成寺住僧（ワキ）　宝生閑
従僧（ワキツレ）　宝生欣哉
　　　　　　　　　殿田謙吉
能力（アイ）　山本東次郎
　　　　　　　山本則直

笛　藤田六郎兵衛
小鼓　鵜沢　速雄
大鼓　亀井　忠雄
太鼓　観世　元信
後見　金春　晃実
金春　信高　鬼頭　尚久
鐘後見　瀬尾　菊次　金春　穂高
河村　高　林　功　本田　芳樹
鐘釣後見　山本　則俊　遠藤　博義
山本　泰太郎　若松　隆
地謡　近藤　修彦　横山　紳一
高橋　忍　地頭　高橋　汎
辻井　八郎　金春　安明
小嶋　芳樹　吉場　広明

両の眼より血の涙を流して

佐渡ヶ島に地を這うような風が吹く。文字通り「草も木もなびく」中に、本間家の能舞台は建っていた。

ここで奇妙なものに逢った。舞台中央の天井部分が四角く切り取られていて、屋根裏がのぞいている。中心部の横木に、木工細工の滑車が無造作にくりつけられ、これがいわゆる「道成寺」の鐘を吊す「セミ」の役割をするらしい。鏡板を除く三方は雨戸で立て籠められて、舞台の中は薄暗い。この「セミ」から鐘が吊り下げられている状況を想像するとどこか不気味である。

第七回名古屋能楽鑑賞会は金春流の「道成寺」であった。シテの装束には少々驚かされた。唐織の色彩が「紅無《いろな》し」、つまり中年の女性なのである。観世流では「庄司の娘」らしく、「紅入《いろいり》」で華やかに装うのを常とする。歌舞伎でも、目も鮮やかな「赤姫」のスタイルではないか。何となく異和感を持ったが、実は「道成寺」の原典に依れば主人公は「未亡人」なのであり、古式の型を大切にするならば、中年女性もうべなるかなである。

乱拍子が始まった。あの所作は古来様々に解釈されているが、この日、本田光洋師の乱拍子は女の内部の「戦い」を表象したように私には思われた。業火との息づまる格闘である。女盛りの体内から吹き出す情炎を消そうとして必死に抑えつける。一旦静まったかと見えた火が、鼓の音に破られまたもや燃え上がる。その繰り返しの凄まじさ。とてものこと、乙女の純情一途な恋などではない。年経た女なればこその思念、体面もあろうものを。それをはるかに超えて、自らの人たる格を脱ぎ捨てて蛇体に化身しなければならぬまでの恋の怨念であったのか。「両の眼より血の涙を流して」という『今昔物語集』の記述が、この猛執の愛の地獄図にまことにふさわしい。

再び。本間家の能舞台の雨戸を揺るがして風が舞った。私の裡に、時と空間を超えて、あの本田光洋師の乱拍子がよみがえった。扇を前に突き出し、上体をじっとかがめている。次の瞬間、鼓の代わりに大きく風が鳴った。同時に幻のシテは鐘を蹴って、四角い穴の中へ吸い込まれて行った。そして、そのまま昇天して去った。舞台の囲りは回向《えこう》のためにとてか、一面の野の花である。

6　能「松風」――「松風」の音

●能「松風」―見留―

松風（シテ）　山本　順之
村雨（ツレ）　片山　清司
旅の僧（ワキ）　宝生　閑
所の者（アイ）　茂山　あきら
笛　藤田　大五郎
小鼓　北村　治
大鼓　柿原　崇志

後見　浅見真州
　　　清水寛二

地謡　観世銕之亟
　　　観世暁夫
　　　浅井文義
　　　西村高夫
　　　岡田麗史
　　　柴田稔
　　　馬野正基
　　　浅見慈一

「松風」の音

松風の音が鳴っている。月光の下に白々と光る砂浜。寄せては返す潮騒の響き。かすかに、遠く、松のざわめきが伝わってくる。

目を閉じて聞き入っていると、遷かにそうした情景が広がって行く。さすがに一噌流の最高峰、藤田大五郎師の笛は素晴らしかったしゅんしゅんとたぎる茶の湯の釜の「松籟」にも似て、静かに心に沁み渡る枯淡の味わいを堪能させてくれた。この笛を聞けただけでも至福の時であったと思う。

「松風」という誰もが認める名曲に当たって、名古屋能楽鑑賞会はまたもや囃子方も地謡も、すべての演出者を随分ぜいたくに揃えてくれた。毎回、他の会の名古屋公演では望めない程の質の高い各パートに、その都度様々な示唆を与えられる。

今回はまた特に「面」というものについて考えさせられた舞台であった。

シテの松風の舞は、たしかにきれいではあった。しかし、シテの姿と面とが、舞台の中で何かしらしっくり融けあっていなかったような印象が残る。シテのかけていた「増」を、実を言うと私は別の機会にも見ている。その時の妖気をはらんだような強烈な美を、目のあたりにしているので、よけいに、そうした想いを抱いたのかもしれないが……。あの面自身の持つ味わいと、シテの「松風」の能についての演出の意図との間に、少しく差異があったのだろうかとも考えた。さらに、物着のあと装束が替わったとたん、面がやや機嫌を直して本来の魅力が輝き始めたと思ったのは、私の僻目であったろうか。

能の面は一曲の成功、不成功を左右することもあると言う。普段我々は舞台の中で能面を見ると、ああいい面だとか、随分古そうだとか、そんなことしか考えていない。そして能面だの、装束などはそのシテ自身が所有しているものだと漠然と思ってしまっている。ところが、いくら古い能の家柄だとしても、数というものには限りがあり、他家の所蔵の中にこそ、今回こう舞いたいというシテの願望にぴったりかなうものがあるという場合もあろう。自分の所有にかかるものならば、面の選択も比較的気楽に行われようが、他家にわざわざ頼み入ってという場合、そこにはシテの役割と面に対しての多大な想い入れがなくてはならないはずである。となれば、シテがどのような面を選んでかけるかということを見れば、シテの曲への意図を察することができるというものである。

ある作家の随筆集の中でこんな話を読んだ。

そのひとは自分の書斎に「小面」をかけて、日夜ながめていた。能面打ちの老人がしぶるのを無理やり分けてもらったものである。気に入って、半分かっさらって来たに近いのであるが、じっと見ているとどこかしら今一つ物足らない気がする。原因は分からない。いつか面は半ば忘れられたまま、書斎のすみでほこりをかぶっていた。友人が訪ねて来てこの面を貸せといわれた時も、あまり深く考えもしないで、いいよと言った。しばらく経って、能面が返されて来ておどろいた。ひどく魅力的な表情になっているのである。あんなに物足らない想いだった面の中に、えも言われぬ華やぎが満ち、コケティッシュな部分さえうかがえる。思わず面に向かって言ったという。

「おい、おい、お前さん、どこかでいい情人でもできたのじゃないか。」

そしてひどくねたましい気分になったそうである。

面も生き物である。今回のシテの面が持ち主の所へ帰って来た時は、多分やきもちを焼かれずに済んだのではなかったかと思うが、さて……。

7　能「羽衣」――霞に紛れて

●能「羽衣」―盤渉―

シテ（天女）　豊嶋　三千春
ワキ（白龍）　宝生　閑
笛　一噌　幸政
小鼓　荒木　照雄
大鼓　河村　総一郎
太鼓　上田　悟
地謡　宇高　通成

後見

植田　恭三
塚本　嘉樹
中尾　六三郎
都丸　勇
岩切　直次
竹市　幸司
小林　忠三
豊嶋　訓三
重本　昌三
豊嶋　幸洋

霞に紛れて

いかようにも艶な天女の舞であった。

今まで観た「羽衣」では、天女の美しさを表現するのに「神々しさ」、「気品の高さ」、「清純さ」、「可憐さ」などの言葉がふさわしい場合が多かったように思う。ところが、今回の天女は一味も、いや二味もちがう。とろりと春の駘蕩たる気分にふさわしいような情趣のある舞なのである。

増の面の正面から見た時の品格の高さが、角度によっては冷たくおごそかな表情をも形造る。側面の哀しみの色には、人間の怪しからぬ行為を静かにさとそうとする意志も見える。ところが、ななめ横に向きを変えたとたん、キラリと光ったあだっぽさ。これはおよそ天人らしくない、ゾっとするような反道徳の美がのぞいている。

その印象を深めてくれたのは装束の色であった。さすがに京都の金剛流のセンスは抜群である。朱の縫箔の腰巻姿も、都ぶりのたおやめを楽しませてくれたが、物着のあと、シテのまとった羽衣は見所の眼を奪うに十分であった。鳳凰の羽根が背中に大きく織り出された「鴇色《トキ》」の長絹なのである。中国の宋元画に描かれる花蓮の色である。そのなよやかな色が華麗に舞台の上に花開き、いやが上にも艶冶な雰囲気が漂う。

かくもなまめかしい天女の舞をながめながら、私は美の背徳性ということを考えずにはいられなかった。

『竹取物語』のかぐや姫も、おとぎ話のはまぐり姫も、彼女たちの前身は天女である。が、何故か天上界での罪を得て、罰として人間界へ落とされたことになっている。不浄なる地上での償いをすませた後になって、再び天人たちは空高く舞上がって消えて行くのである。あまりに美しすぎる女性の美には、悪の香りがつきまとう。それがさらに魅力を高める力にもなる。

今回の天女も、もしや天界追放の憂き目に遭った一人ではなかったのか。あの舞はとても清浄無垢な聖天女のものとは思われない。そして、こんな種類の美となれば、天上界での「罪」なるものも、およそ想像がつこうというものである。平凡な人間たる漁夫が悪心を起こすのももっともであろう。

「南無帰命月天子。」

祈る姿も何と蠱惑的な色に満ちみちていることか。情感を内にためた笛の音さえ、美へと洩らすため息のように聞きとれた。

舞の終わり近く、たしかに面が一瞬、笑みを浮かべているのが見えた。自らの思いのままに見所を魅了させた、会心の表情。

時は春。天人の舞は散る際の山桜の化身とも見える。また、夕暮れの陽が落ちる寸前の妖しいゆらめきにも似て、豊嶋天女は左の袖を高く被いたまま、ふわりと回り、そのまま「霞に紛れて」消えていった。ひどく豊穣な感覚だけを跡に残して。

8　能「清経」――舞台と見所

●能「清経」―恋之音取―

シテ（清経）　野村四郎
ツレ（妻）　片山清司
ワキ（淡津三郎）　宝生閑
笛　藤田大五郎
小鼓　曽和博朗
大鼓　亀井忠雄
地謡　地頭　観世銕之亟

山本　順之
観世　暁夫
浅井　文義
西村　高夫
岡田　麗史
柴田　稔
泉　雅一郎
浅見　真州
鵜沢　郁雄
上野　雄三

後見

舞台と見所

能は総合芸術である。

能という演劇の中には、日本の伝統文化が凝縮されている。舞台で演じられる時、各パーツが組み合わさって能の美を形づくっていくのであるが、更に、それを成功に導くもう一つの要素が見所の存在である。

名古屋能楽鑑賞会も「清経」で十一回を数えるに至った。初回の「重衡」から通して観続けている人がどの位あるのかは分からないが、今やほとんどの席が会員で埋まってしまうという。まことにおそるべき会に成長したものである。拍手の仕方一つ知らなかった人々も、今や他の見所のお手本となり得るべき見事な見識を備えている。毎回、流派にこだわらずシテ、ワキ、囃子、地謡、後見、狂言方に至るまで、東西の一流の演者による能を観てくることができたのは、何にも増して幸福な事であった。

いわば本物の授業を受け続けて来たのである。会のお世話役の方々に感謝すべきであろうが、その結果、学生たちの方もまた本物に成長して来たことを忘れてはなるまい。

この会はとにかくシロウトの集団である。ただただ「良い能が観たい」という純粋な動機によって支えられている。全国各地の同様な会の中でも、これほど熱心な見所はめずらしいのではないかとさえ思われる。義理でおつき合いしたり、自分の師匠が出演するからといった人々は、あってもほんの少数にちがいない。それほど熱く燃えた見所なのである。（名古屋能楽鑑賞会はこわいですヨ！）

そうした見所を擁し、舞台上でも人間国宝を三人も並べ、選りすぐった演者を揃えた今回の舞台であった。

あの「恋之音取」の笛。嫋々と響き渡り、体の芯までしびれるようなあの陶酔感。さすがに人間国宝、重習の音色である。笛は見所を闇へと誘い、夢幻の内から平家の公達、若武者が、その影を次第に鮮明に現わしてくるはずであった。しかし、シテが登場し橋懸りへの第一歩を踏みだした時、あっけなく夢は破られてしまった。幻というのにはあまりにも陰翳に欠け、即物的に過ぎたように思う。現実にひきもどされてからは、どうしても今一つ没入して観ることができずに終わってしまった。

能はたった一度限りの生きた芸術である。そうした宿命のもとで、やり直しはきかないのである。総合芸術であるからには、他のパーツの全てが尋常ならざる域に達していたとしても、一角がくずれると、全ての調和が狂ってしまうのは止むを得ないことであった。かつて同じシテの充実した舞台の記憶があるのでよけいに今、残念に感じている。

このところ、世は不安に満ち満ちている。政治経済も宗教も混沌とし、「愛」さえ不確かな状況の中で、一体何を確実なものとして信じられるだろうか。救われがたいこの時においてもなお、私は、最後の砦として美を追求する「心」だけは残しておきたい。その故にこそ、更に能の完璧さを望むというのは無理なことであろうか。

能が生まれた時代、中世という時も、戦乱に明け暮れ、現代の我々が遭遇している以上に騒擾の時代であった。その只中にあって、新たな美の世界が創造され、先人たちによって継承されて来たという歴史がある。今また不穏の世相を外《よそ》に舞台の内と外が一体となって、共に、誠実に取り組んで行かねばならぬ時と思われるのであるが……。

9　能「井筒」――京風の秋

●能「井筒」

シテ（紀有常の娘）　片山九郎右衛門
ワキ（旅の僧）　宝生　閑
アイ（所の者）　茂山　千作
笛　藤田六郎兵衛
小鼓　曽和　博朗
大鼓　河村　総一郎
地謡　地頭　観世　銕之亟

観世　暁夫
梅田　邦久
片山　清司
武田　邦弘
古橋　正邦
味方　玄
清沢　一政
武田　欣司
青木　道喜

後見

京風の秋の能

「井筒」は秋の能である。

今まで何度も「井筒」を見て来たが、今回の名古屋能楽鑑賞会第十二回の「井筒」ほど深く秋の情趣を味わわせてくれた能はなかったように思う。

まずはお調《しら》め。幕の内よりひそやかに吹かれて、プロローグ的な効果で見所を秋の情感の中にすべり込ませてくれる。

ワキは宝生閑師。いつもながら見所を一点に集中させるだけの力があり、安心し切って舞台をながめることができる。

さて、シテの出。「井筒」の曲趣を大切に扱っている意図が明瞭に見てとれる。シテ謡と囃子との息の合い方も、見事という他はない。「松の聲」とたっぷりとった間の中には、待つ女のイメージが集約されて、この能のテーマが素直に胸に降りて来る。井筒のすすきをながめやる時、視線のむこうに秘めたる情がほの見えた。姿も正体もつつみかくしていてもなお、一挙一動から洩れ出ずるもの、それこそ「秘すれば花」たる究極の美であり愛であろう。

居グセになってからは、その身じろぎもせぬ姿がうっとりするほどに美しい。全く動かぬ「面」なのに、じっと見つめていると、地によって謡われている間の感情の推移が、それこそ水鏡に映したように伝わって来る。「能面のような表情」

などと、陰影にとぼしい顔の表情をさす言葉があるが、その誤りは、今、明らかであろう。こうした舞台こそ、外国の人々にもこれが日本の能でありますと胸を張って見てもらいたいものである。ことさらにライトを当てたりしなくとも、ただ座ってほんの少し体の位置を変えるだけで、どんな外側からの力が加わったよりも強く、内側からの光があふれ出て来るではないか。

「筒井筒井筒の陰に」と井筒の前に寄ったシテから湧き出ずる思慕の情。ふつふつと見所をうたずにおかぬ。胸が熱くなるような想いを与えたままで、送り笛に導かれ、秋の夕景の中、前シテは静かに幕に消えた。

人間国宝の間狂言——。

そして一声の囃子の笛。時移り、真夜中の霊気こもった月夜の情景が広がる。後ジテは月の中からふわりと降りて来たような現われ方をした。初冠、紫の長絹、紅の腰巻姿。さすがに京風の着付になる装束はピタリと決まって、大和作の古面との相乗効果で、夢うつつの美の世界を形造ってくれる。夢ならば覚むるなの想いしきりである。

心ゆくまでゆったりとした調子で舞われた序之舞。舞の姿の良さが大層印象に残った。そう言えば、九郎右衛門師は、京舞の名手、井上八千代師のご子息でもあられたのだった。

「月ぞさやけき」、もう月光の下には、業平か、紀有常の娘か、どちらともつかぬ幻が……。井筒の前にすすみ出て、たえ切れぬ想いにすすきをかき分け、古い井戸をのぞき込む。そこに見えたものは何であったのだろう。ふと時がとぎれて、深い深い愛慕の情の中に見所が沈んで行った。

そこへ夜明けを告げる寺の鐘の声。地の謡と囃子につれて空は次第に白み始め、幻は消えて行かねばならない。

けれど、シテの留拍子と共に、「井筒」の能は終わったのであろうか。否、長絹のすそをうしろへなびかせて、橋懸りからシテが幕内へ消えたあとも、舞台の内外には常寂の秋の気が漂い、永遠の愛を求め続ける女人の魂が幽玄の闇に切なくさまよっていた。

今回の「井筒」。本年最高の能の一つであったことを私は信じてうたがわない。

10　舞囃子　「枕慈童」――伝うる技と心

●舞囃子

「枕慈童」　友枝　昭世

地謡　粟谷　能夫
出雲　康雅
大村　定
長島　茂

笛　松田　弘之

小鼓　福井　啓次郎

大鼓　河村　総一郎
太鼓　吉谷　清

伝うる技と心

舞囃子が終わった時、ため息と共に思わず「恐ろしい」とつぶやきを洩らしていた。美しい舞などというものではない。完璧すぎてこわいのである。正確無比とも言うべき技。腕の上げ下げ、菊水の金扇を持つ手のやわらかさ、全てが一点の狂いもなくピタリと決まる。腰と肩の不動さはどうだろう。回転の足の運びを計算されつくした見事さ。舞が終わるまでただ呆けたように動きに見とれていた。しかし呪縛から解き放たれると同時に没我にあった意識がよみがえった。これ程までに完璧な美の行く末には何が待っているのであろうか。コンピューターさえも狂うことがあるというのに。およそ人間業とも思えぬ舞からは無機の冷たささえ感じられた。

あまりに美しすぎるものには死のかおりがつきまとう。

かつて利休に対する秀吉の寵をにがにがしく思った武将が、彼を討とうとしたことがあった。茶室の中で利休に斬りつけるべく刀を抜く機会をねらっていたが、点前のあまりな隙のなさに、緊張感で汗みずくになったその武将、かえって弟子になることを志願したという話である。至芸の技は全てのジャンルに通じる。小田原の陣の際、韮山の竹で「尺八」の花入を造ってしまった利休が、まもなく自らの死への途をたどって行ったように、完璧すぎる舞もまた、見所に死の深淵をのぞかせるような力を持っていた。

ところで、私はこの秋、岐阜県根尾村で行われた「全国猿楽能サミット」という催しにも足を運んだ。かの薄墨桜を前にして、仮設の舞台で全国各地から呼び集められた猿楽能が上演されたのである。青森県下北の舞、福井県水海の田楽、島根県佐陀の神能、山形県の黒川能、そして根尾村能郷の能と狂言であった。おのおのの舞からは、それらの地方の風土や伝承のされ方などがうかがわれて、なかなか示唆に富んだ舞台を構成していた。

下北の地というと、中世においてはおそらく日本の最北端という認識がなされていたことと思う。はるばるとさいはての地へたどりついた修験者たちが、恐山をのぞみながら舞ったのであろうか。海から吹き上げて来る荒々しいしぶき。下北の舞にはそんな潮風にさらされた寂寥感が漂っていた。

また、黒川では厳寒の深更、雪にうずもれた中で奉納されるという。暗黒の闇のむこうには、月山の霊峰が白々と横たわっているのであろう。

根尾の能狂言からは、能郷白山のふもとで雪をいただいた聖なる山に向かって、ひたすら継承されて来たものを絶やすまいと精進を続ける人々の姿が伝わって来た。

能郷の里に齢を重ねて来た老人の話を聞いていると、伝承して行くための村人の知恵と、プロではなく、他の職業(主に農業)につきながら、ある意味ではプロ以上の使命感を持って能にたずさわっているひとびとの気魄を感じてそれに打たれた。

片や都市の能楽堂において洗練を重ねて行く現代の能と、一方それとは全く別の次元において地方で奉納され続ける猿楽能。二つながらに支えて行くのは、「伝える」ことにかけられた人間の熱い心である。

あとがき

この随筆集に収められた文章は、過去に私がいろいろな雑誌や同人誌に寄稿したものばかりです。一番古いのは「第2章　細雪」に入れた「日本の美とこころ」で、一九八九年ですから、かれこれ三十年前ということになります。古唐津の茶碗群「奥高麗」が持つ不思議な謎の魅力にひかれて、「陶説」という日本陶磁協会の機関誌に投稿するようになったのも、平成の初めごろだったと記憶しています。ほぼ同じ時期に、「寒紅」という短歌の同人誌にも、短歌ではなくエッセイの形で参加していました。能に関しては、一九九〇年に「名古屋能楽鑑賞会」が発足した三回目の公演「野宮」を観てから、会報へ載せるようになりました。

私がこれらの文章を紡いできた平成の初めごろは、急速に日本の社会が欧米化して行った現在とはちがって、かつての日本の古き良き文明、文化、そして美の世界が、未だ残光をきらめかせていました。あの時代の余韻を行間に感じとっていただければ幸いです。

こうして一冊の本になったものを読み返してみると、中にはいかにも古めかしい話が挿入されていたりします。とは言え、文章の「いのち」が二十年、あるいは三十年近い前に生まれたものであってみれば、簡単に書き直してしまうこともはばかられ、ほぼ当時の姿そのままにとどめておきました。古い文章なのですが、奥高麗茶碗の謎に関しては、今に至ってもほとんど解明されていないのが実情です。かつての私のような「奥高麗バカ」でもなければ、それに目を向けようなどと思う人は、これからも皆無なのかも知れません。

雪国で育った私には、雪にまつわる記憶がたくさんあります。牡丹雪や粉雪、雪の匂い、雪の降りつむ音……。若いころから少しずつ文章を書きためながら、時として、誰も選ばないテーマを多く手がけて来たという想いで、一面の雪野原の中を、一歩ずつ新雪を踏み分けて進む自らの姿をイメージして来ました。この先、この修行はどこまで続くのか、今はまだ未知の世界です。たどり着いてみたら、懐かしい人々がうち揃って、歌かるたの遊びに興じているという、もしやそんな光景が待っているかも知れません。このごろ、次第に自分の手元から一枚ずつ失われてゆく持ち札の数を数えながら、そんなことをふと考えたりもするのです。

今回の『奥高麗』と題したこの本は、昨年私家版として出した「雪踏み分けて」が右文書院の三武義彦氏の目に留まり、その強い勧めもあって、改めて一般市販用の本として、ここに上梓させていただきました。また、東京リスマチックの山田順計さんには、再度ご面倒をおかけしました。お二人には限りなく感謝の意を尽くしたいと思います。

平成三十年　去り行く夏に

葛城三千子

葛城三千子（かづらき・みちこ）

昭和二五年生、成城大学文芸学部卒。随筆家。日本文化研究家。主に能・唐津の焼き物などを専門とする。幼少のころより、日本舞踊、琴、茶華道をはじめ日本文化に親しむ。各地のホテル・旅館・料亭・レストランを歴訪し、エッセイを執筆。日本陶磁協会「陶説」、雑誌「The HOTEL」、週刊ホテルレストラン「ホテレス」、名古屋能楽鑑賞会「能評」などに寄稿。現在、「一本桜」の研究で全国を巡ると同時に料亭を訪ねることを楽しみとしている。著書に『日本の料亭紀行』（平成23年、右文書院）『そして一本桜』（平成28年、右文書院）がある。

奥高麗

平成三〇年八月二八日　印刷
平成三〇年九月　五　日　発行

著　者　葛城三千子
装　幀　辻　舟香
発行者　三武義彦
発行所　株式会社右文書院
郵便番号一〇一-〇〇六二　東京都千代田区神田駿河台一-五-六
電話〇三-三二九二-〇四六〇　ＦＡＸ〇三-三二九二-〇四二四
http://www.yubun-shoin.co.jp/
mail@yubun-shoin.co.jp

印刷・製本　株式会社　文化印刷

＊印刷・製本には万全の意を用いておりますが、万一、落丁や乱丁などの不良本が出来いたしました場合には、送料弊社負担にて責任をもってお取り替えさせていただきます。

ISBN978-4-8421-0797-4　C0095